张克桓◎译

东斯拉夫童话

阅读童话，点亮智慧

图书在版编目(CIP)数据

东斯拉夫童话/张克桓译. - 呼伦贝尔:内蒙古文化出版社,2018.5
ISBN 978-7-5521-1468-3

Ⅰ.①东… Ⅱ.①张… Ⅲ.①童话-作品集-东欧 Ⅳ.①I510.88

中国版本图书馆 CIP 数据核字(2018)第 102618 号

东斯拉夫童话

张克桓　译

责任编辑	丁永才
出版发行	内蒙古文化出版社
	(呼伦贝尔市海拉尔区河东新春街4付3号)
印刷装订	三河市华东印刷有限公司
开　　本	880毫米×1230毫米　1/32
印　　张	4
字　　数	73千字
版　　次	2018年5月第1版
印　　次	2022年1月第2次印刷

ISBN 978-7-5521-1468-3
定价:25.00元

目录

俄罗斯

青蛙和勇士 …………………………………… 3
铜国、银国和金国 …………………………… 18
蛇　　王 ……………………………………… 29
女妖和太阳大姐 ……………………………… 33

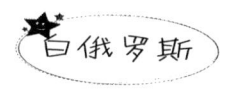

白俄罗斯

寡妇的儿子 …………………………………… 39
瓦西里战胜恶蛇 ……………………………… 58

东斯拉夫童话
dong si la fu

阿辽娜 ………………………………………………… 62
"圆豆" ………………………………………………… 69

★ 乌克兰

小胖墩 ………………………………………………… 83
光腚伊万 ……………………………………………… 92
王子伊万和红颜少女小靓星 ………………………… 110
恶人的故事 …………………………………………… 117

东斯拉夫童话

俄罗斯

- ★ 青蛙和勇士
- ★ 铜国、银国和金国
- ★ 蛇　王
- ★ 女妖和太阳大姐

青蛙和勇士

在某个王国,有一位国王。国王没有妻子,但有三位爱妃。并且和每位爱妃都生有一个儿子,他都非常喜欢,国王便大宴群臣。他努力培养他们成为勤勉节俭的人。当他的三个孩子到了成人年龄的时候,国王对每个孩子都同样喜爱,不知道该让哪个接替自己管理国家;但三位母亲之间生活得并不和睦,每个人都想让自己的儿子作王位继承人。最后,国王看到这种情况,心生一计,命令三个儿子晋见。

国王对他们说:"亲爱的孩子们!现在你们都长大成人了,你们到了成婚娶妻的时候了。"孩子们回答:"仁慈的国君,我们的亲爹!我们听从您的指令,您只要下令,我们就照办。"这时国王对他们说:"亲爱的孩子们!你们每人制作一支箭,箭上写上自己的名字,然后带箭出城,到草地保护区,在那里朝不同方向射箭,谁的箭朝哪个方向飞,飞往哪座城,飞往谁的府邸——大臣的或

东斯拉夫童话
dong si la fu

将军的;那么,谁的未婚妻就在那里,谁就全权管理那座城。"

孩子们听取了他的指令,对他的想法非常认同。回去后各自做了一支箭,上面写了名字。准备停当,便出城到了草地保护区。首先由大哥射出一箭,箭朝右方,二哥射向左方,名叫伊万勇士的三弟,朝前直射,但是箭支跑偏方向。射完箭,他们回去见父王,向他汇报各自的箭射向何方。父亲听完他们的报告,就命令他们前去寻找自己的箭。于是孩子们各奔东西,分手寻箭。

大哥在一位大臣的府邸找到了自己的箭,这位大臣有个女儿是大美女,王子把她认作公主,带上她回去见父王。二哥在一位将军的府邸找到了自己的箭,这位将军的女儿同样娇美,王子把她认作公主,带上她回去见父王。两位公主来到王宫以后,国王立即隆重操办,为他们举行了婚礼。

但是小王子没能找到自己的箭,心中很是忧伤,他决定暂不回去见父亲,直到找到箭为止。一连两天,他穿行森林,翻越山岭。到了第三天,他进入一片大沼泽,他在沼泽里刚一往前走,就陷入泥潭,伊万勇士面对危险,但不知如何是好。他四下张望,从哪里能走出沼泽;他终于看到一个芦苇搭成的小草棚。他很惊奇,便自言自语:"肯定这里住着一位修士或是离开畜群的牧人。"为了证实自己的想法,他悄悄地朝这个草棚走过去。当他走到草棚前向里张望时,他看见里边有一只硕大的青蛙,嘴里衔着他的那只箭。

4

◆ 青蛙和勇士

伊万勇士看到青蛙,吓得想跑开,放弃自己那只箭,但是青蛙却开口大叫:"呱,呱,伊万勇士进来,进棚子里,到我这来拿你的箭。"伊万勇士着实吓了一跳,不知如何是好。青蛙对他说:"如果你不进到我的草棚里,那你就永世走不出这片沼泽。"

伊万勇士回答说:"这个草棚太小,我进不去。"青蛙便推倒了小草棚,与此同时造出了一座豪华的凉亭。伊万勇士见此,大吃一惊,只好走进凉亭。在亭子里他看见一张华丽沙发,随即坐下。

这时青蛙对他说:"伊万勇士,我知道你现在急需进食,你已经有三天没吃饭了。"就在这一刻,青蛙翻了一下身,精美可口的饭菜和各种饮料摆在桌上。青蛙在他吃饭的全程时间都坐在地上。然后当他从桌旁站起来的时候,青蛙又来了一个翻身,就在这一刻,桌子搬走了。这时青蛙说:"伊万勇士,你听好,你的箭落到我这里,那你就应该带上我走,娶我为妻。"

伊万勇士很是忧烦,他想:"我怎么能带上青蛙呢?绝对不行,我最好是直接告诉它,带它回宫,万万不可。"

但是青蛙说:"如果你不娶我,你就要确信,你是无论如何也走不出这片沼泽的。"

伊万勇士更加愁苦了,不知如何是好;然后想骗它一把,就说:"青蛙,你听着,你只要事先把箭给我,我拿上箭回去见我的父王,告诉他我的箭在你这里,我就带上你娶你。"

可是青蛙说:"不行,你在欺骗我,你是想从我这里拿走箭,然

东斯拉夫童话

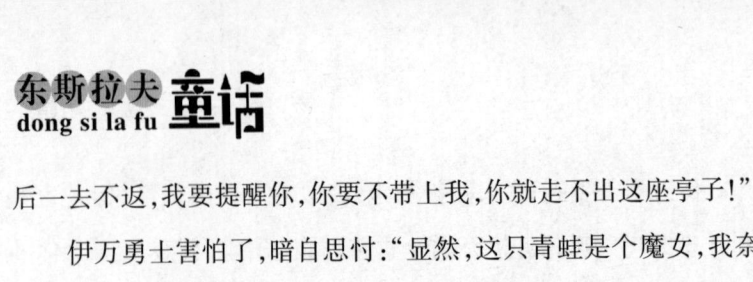

后一去不返,我要提醒你,你要不带上我,你就走不出这座亭子!"

伊万勇士害怕了,暗自思忖:"显然,这只青蛙是个魔女,我奈何不了它,既然我很不幸,箭落到它手里,那就只好如此了把它带上。"于是他就把想法对青蛙说了。

他刚一说完话,青蛙就脱掉身上这张皮,变成了绝代佳人。然后说:"看吧,亲爱的伊万勇士,我怎么样?我穿青蛙皮只是在白天,到夜晚,我一直都会是你现在看到我的样子。"看到眼前这般的美女,伊万勇士喜出望外,他发誓,一定带她回去。

然后他俩闲聊了好一阵,她对王子说:"你现在该去王宫了,我还变成青蛙,你拿着我,咱们一起走。"说完,她给自己穿上青蛙皮,变成青蛙。伊万勇士看见亭子里有一个旧篮子,就把青蛙放进篮子里,走出凉亭,回到自己的国家。

当他走进王宫,国王看见他,非常高兴——儿子可算回来了。当他走进厅堂,国王就问他箭支一事,可是儿子回答面带忧伤:"亲爱的国王,我的爸爸!我的箭落到了青蛙那里。按照您的指令,我把它带回来了,因为您命令我们,在找到箭的地方,给您带回自己的未婚妻,现在带回了我的未婚妻青蛙。"

两个哥哥和嫂嫂们都嘲笑起来,国王劝他抛开青蛙,找将军或者大臣的女儿。两位嫂嫂为他介绍:一个是自己的侄女,另一个是自己的亲戚;但伊万勇士请求父亲,允许他娶青蛙为妻。国王见劝说不成,便允诺了这桩婚姻。

◆ 青蛙和勇士

到了成婚这天,他坐着豪华马车,青蛙放在金盘子上,进了王宫。婚礼结束后,伊万王子吃过婚宴酒食,就回到自己的内室。夜幕降临,青蛙脱掉了外层蛙皮,变成美女,到了白天,又变青蛙。伊万勇士同青蛙妻子生活了一段时间,很是和顺美满,从不为妻子白天是青蛙而烦恼。

他们婚后过了很长时间,有一天国王召见三个儿子。孩子们来了以后,他说:"亲爱的孩子们!现在你们都已成婚,我想穿你们的妻子,我的儿媳妇缝制的衬衫,明天就要。"说完,国王给了他们一人一块亚麻布。孩子们拿上布,各找各自的媳妇。伊万勇士的两个哥哥对自己的妻子说:"父王责令你们用这块布缝一件衬衫,明天就要。"

两个妻子收下布,忙着叫保姆、老妈子和丫鬟,让她们帮自己做衬衫。保姆、老妈子和丫鬟都跑来了,马上开始做活,剪的剪,裁的裁,缝的缝。同时她们还派一个女仆去查看弟媳怎么做这件衬衫。

就在走进伊万勇士内室的时候,伊万把布放在桌子上,愁眉苦脸,青蛙见状,便问:"伊万,你怎么了,为啥这么愁?"他回答:"我怎么能不愁?父王下旨,要用这块布缝一件衬衫,明天就要。"青蛙听罢,说:"别愁,别灰心,伊万,睡你的觉!早上比晚上清醒,一切都会完成的。"

伊万勇士睡下以后,青蛙拿起剪子,把整匹布剪成碎片,然后

东斯拉夫童话

打开窗户,把布片撒向风中,说:"狂风啊!吹散碎布吧!再给我缝成一件衬衫。"女仆回到青蛙的嫂嫂们那里,说:"啊!仁慈的夫人们!青蛙把整块布全剪成了碎片,又扔到窗外了。"嫂嫂们背后嘲笑它,说:"它的丈夫明天带什么见国王啊?"说完便开始各缝各的衬衫。

第二天早晨,伊万勇士起床后,青蛙递给他一件衬衫,说:"喂,亲爱的伊万,把这件衬衫送给你父亲。"伊万勇士就拿上衬衫去见自己的父亲,很快,两个哥哥也把衬衫拿来了。国王起身后,他的三个儿子便进来了。首先是大哥把衬衫献给父亲,国王看了一眼衬衫,说:"这件衬衫做工平平常常。"然后又看了二哥的衬衫,说:"这件的做工也不比那件好。"当小儿子献上衬衫时,国王惊叹不已,简直是鬼斧神工。便说:"这件衬衫我要留在重大节日时穿,那两件平时穿用。"

过了一段时间,国王又召见三个儿子。孩子们来了以后,他说:"亲爱的孩子们!我想知道,你们的妻子会不会制作金银的手艺;为此,我给你们一点金银和丝棉,让她们做一块地毯,明天就要。"

孩子们拿上金银和丝棉,各找各自的媳妇。伊万勇士的两个哥哥对自己的妻子说:"父王责令你缝制一块地毯,明天就要。"妻子们忙着叫保姆、老妈子和丫鬟,好让她们帮自己做地毯。保姆、老妈子和丫鬟都跑来了,马上开始做活,有的弄金,有的弄银,有的弄丝棉。同时她们还派一个女仆去查看弟媳怎么做地毯。

青蛙和勇士

就在女仆走进伊万勇士内室的时候,伊万勇士把材料放在桌子上,愁容满面,坐在椅子上的青蛙便问:"伊万,你怎么了,为啥这么愁?"他回答:"我怎么能不愁?父王下旨,要用金银和丝棉做一块地毯,明天就要。"青蛙听罢,说:"别愁,别灰心,伊万,睡你的觉,早上比晚上清醒,一切都会完成的。"

伊万勇士睡下以后,青蛙拿起剪子,把整匹丝棉剪成碎片,把金银捣碎,然后打开窗户,扔到窗外,说:"狂风啊!给我吹来一块地毯吧!我公公要用这块地毯遮窗户。"然后青蛙啪的一声关上窗户,又坐到椅子上。

两个嫂嫂派来的女仆见状,便回去说:"啊,仁慈的夫人们!我不明白,为什么人们夸赞青蛙?它什么也不会做,它把做地毯的材料剪碎捣碎,全都扔到窗外,还让风给它送来一块地毯,好让它公公用地毯遮窗户。"

俩嫂嫂听完女仆的话,就想出了做地毯的办法。因为她们知道,按照女仆的说法,是风给弟媳缝制了衬衫。所以她们想:风也一定会听从她们,像听从青蛙一样,会给她们缝制地毯的。于是她们拿过丝棉和金银,剪碎捣碎,扔到窗外。紧接着就大喊:"狂风啊!给我们送来两块地毯吧!我们的公公要地毯遮窗户。"

然后她们关上窗户,坐下来静等地毯;但不管她们等多长时间,看来狂风不会给她们送地毯。她们只好派人进城买金银和丝棉。待买回来后,嫂嫂们坐下来喊丫鬟,开始缝制,这样一天过去

9

东斯拉夫童话
dong si la fu

了。到了第二天,伊万勇士早早起来了,青蛙就递给他一块地毯,说:"拿着,伊万勇士,去送给你父亲。"

伊万勇士拿上地毯,走到王宫,等着两个哥哥,因为他们的地毯还没做好。过了好长时间,两个哥哥带着地毯匆匆赶来。国王睡醒后,孩子们拿着地毯进了寝宫。国王首先接过大儿子的地毯,看了一下,说:"这块地毯适合下雨时盖在马身上。"然后又接过二儿子的地毯,看了一下,说:"这块地毯适合铺在前厅,让来人进宫时用来蹭脚。"最后国王接过小儿子的地毯,看了一下,说:"这块地毯适合在隆重的节日给我铺桌子用。"

然后国王指示伊万勇士收藏并保管好地毯,那两块地毯还给伊万勇士的两个哥哥,并说:"把地毯拿回给妻子,告诉她们,让她们自己收藏吧。"接下来国王又对三个孩子说:"现在,亲爱的孩子们,我想吃她们亲手烤制的面包,一人做一个,明天就要。"

孩子们听罢,各回各的住处。伊万勇士的两个哥哥见到自己的妻子就说,国王命令她们每人做一个面包,明天就要。她们听完丈夫的话,马上派女仆去青蛙那里,查看它怎么做。女仆去了伊万勇士那里。

这时伊万勇士回到住处,面带忧伤,青蛙见状说:"呱,呱,呱,伊万勇士,你为什么这样忧伤?"伊万勇士回答:"青蛙,我怎么能不忧伤?父王指令你烤一个面包,谁来替你烤?"青蛙听完就说:"别愁,别灰心,我会做出来的。"

青蛙和勇士

然后,她让人拿来点面、水和一个和面盆。拿来以后,青蛙把面倒进盆里,加水,搅揉成面团。再放到没生火的烤炉里,关上炉门,说:"面包,你烤吧,要香甜、松软、雪白。"说完青蛙坐在椅子上。

女仆看到整个过程,就回去向两个嫂嫂报告。一进门就说:"仁慈的夫人,我不明白国王为什么夸赞青蛙?它什么也不会做。"然后女仆就说青蛙都做了些什么。她们听完,也想像青蛙那样做面包。便叫女仆拿来面、水和盆。拿来以后,她们把面倒进盆里,加水,搅揉成面团,再放到没生火的烤炉里,关上炉门,她们说烤的面包要香甜、松软、雪白。可是她们和的面太稀,面团放进没生火的炉子里流淌了。他们一看,就叫女仆再拿面来。这回她们用热水和面,命令点火烧炉,然后放进面团,由于干得太匆忙,一个面包烤焦了,另一个面包烤干硬了。而青蛙的面包一出炉,又香甜又松软,还雪白。

第二天,勇士伊万拿上青蛙烤的面包去见父王,接着两个哥哥也拿来了自己的面包。国王起身后,他们都拿着面包进去了。国王拿起大儿子的面包一看,说:"这个面包只有穷人才吃。"再拿起二儿子的面包一看,说:"这个面包也不好。"最后国王拿起小儿子的面包一看,说:"当来了贵客的时候,就把这个面包放到我的桌子上。"然后转过身来对两个儿子说:"亲爱的孩子们,应该承认,你们的妻子都很漂亮,但是不能同青蛙比。"又说:"亲爱的孩子们！我指令的一切，你们的妻子都照办了，我请你们明天带领妻子进宫赴宴，以表我的谢意。同时也对伊万勇士说了同样的话，让他带上青蛙来。

然后孩子们各回各家。伊万勇士回来后，愁眉苦脸，心中暗想："我怎么带它进宫？"青蛙坐在椅子上说："呱，呱，呱，伊万勇士，为啥这么犯愁？"伊万勇士回答："我怎么能不愁？父王命令我们明天带领妻子进宫赴宴，我可怎么带你去呢？"对此，青蛙回答道："别愁，别沮丧，伊万勇士，早上总比晚上清醒，你就睡你的觉吧。"

第二天，伊万勇士什么也没说，准备进宫。青蛙说："如果国王看到一行豪华的车队，亲自出迎，你就对他说：'父亲，不劳您的大驾，据说这是拉送盘子里的青蛙。'"然后伊万勇士准备妥当，就动身去王宫。而两个嫂嫂又派女仆来查看，青蛙坐什么进宫。

女仆来到伊万勇士住处，看青蛙在干什么。这时青蛙打开窗户，大叫："喂，狂风！快飞到我国来，并转告，派一辆超豪华四轮轿式马车，要设备齐全完善，还要有听差、随从、跟车仆人和马队相伴护卫，同我的父王一起乘车检阅。"说完，青蛙啪的一声关上窗户，坐在椅子上。

刹时女仆看到，一支超豪华的车队快速驶来，同车队同行的还有听差、随从、跟车仆人和马队，而且所有的人全都穿着超豪华的连衣裙。仆人急忙跑回两个嫂嫂那里，对她们讲述了一切。她

们听过后，盘算自己也照此办理；于是她们打开窗户，扯着嗓子大喊："狂风啊！赶快飞来，并转告，派两辆超豪华四轮轿式马车，要设备齐全完善，还要有两套听差、随从、跟车仆人和马队，同我们的父王一起乘车检阅，"说完就关窗等待。然而狂风不听话，四轮轿式马车也没来。见此，她们只好让下人套上自己的马，坐车去王宫了。

大家都到了，只等青蛙。忽然，大家看见，马队奔驰而来，跟车仆人快步跑着，后面是一辆超豪华四轮轿式马车。国王一见这阵势就想："一定是哪一位国王或者公主驾到"，于是上前迎接，但伊万勇士说："父王，不劳您大驾，这是贵族拉着盘子上的青蛙来了。"

车队驶临王宫台阶，伊万勇士的漂亮妻子从车里走出来。当她步入宫中大厅，大家全都惊呆了。国王看到小儿媳妇，十分高兴，然后全体落座就餐。不等谁干杯，青蛙便挽起袖子给添酒；不等谁吃尽，青蛙便挽起另一只袖子给加肉。两个嫂嫂看在眼里，也学着这样做。酒足饭饱，大家离席而立，震耳的音乐响起来了，青蛙走出，跳起舞来。她甩出一只衣袖，大厅里立刻蹿出了一股高高的水柱；她甩出另一只衣袖，天鹅就在水中游动。见此情景，无人不惊叹青蛙的高超舞技。当她翩翩起舞时，所有的人都为之倾倒。这时，两个嫂嫂也出来跳舞，当她们挥舞起一只衣袖时，酒水飞溅到人们的脸上；当她们挥舞起另一只衣袖时，肉块就飞落到人们的眼睛上。见此场面，众人哄堂大笑。

东斯拉夫童话
dong si la fu

　　这时伊万勇士想烧掉妻子的蛙皮。他想,如果皮不存在了,她就只能是宫中的形象了;为此,他装作有病,离开王宫,回到自家府邸。回来后,他进室内,找到蛙皮,立即把它烧掉了。与此同时,他的妻子知道他回去了,也装病回家。到家以后,冲进室内,寻找蛙皮,哪里也没找到,就说:"喂,伊万勇士,既然你不能忍耐片刻时间,那么,现在你就到天边找我吧,到天涯王国——太阳下的国家找我吧!你要知道,我叫大智·瓦西丽莎。"

　　说完话,人就消失了,伊万勇士悲痛不已,然后进宫去见父王,述说自己的不幸。国王听罢,对儿媳失踪深表惋惜。伊万勇士对父王说,他决意去找自己的伴侣。

　　他去了,他去寻找她。也不知走了多长时间,也不知走了多远,讲故事挺快,可做事没那么快。最后,他来到了一间小农舍——鸡腿支撑起来的农舍,农舍朝着另一方向。伊万勇士说:"小房子,小房子,背朝森林,正面朝我。"小农舍照他的话停止了转动。

　　勇士伊万进了农舍,看到一个凶恶的老妖婆坐在那里。她恶狠狠地说:"到现在为止,你听说过俄罗斯神灵没有?见过俄罗斯神灵没有?而且现在俄罗斯神灵还时隐时现。"又问他:"伊万勇士,你现在怎么样,自由还是不自由?"伊万勇士回答:"不管有多少自由,而不自由是双倍的。"然后他讲起他在寻找什么。

　　这时老妖婆说:"伊万勇士,我可怜你,我要为你效力,你的伴

侣每天都飞到我这里休息,到时候我指点给你看;不过你要注意,在她即将休息的时候,你要及时抓住她的头,而你一旦抓住她的头,她就会变成青蛙、癞蛤蟆和蛇或其他两栖动物。你可别松手,最后她会变成箭,这时要握住箭,用膝盖折断她。这样,她就永远是你的了。"

伊万勇士感谢她的指教。然后老妖婆把他隐藏起来,她刚一藏好伊万勇士,大智·瓦西丽莎就飞来了,伊万勇士从隐蔽处出来,悄悄靠近大智·瓦西丽莎,一把抓住她的头,这时看见她变成了青蛙、癞蛤蟆,又变成蛇,伊万勇士吓得松开了手。这时大智·瓦西丽莎立刻无影无踪了。老妖婆说:"既然你不会抓她,你就去我妹妹那里吧,大智·瓦西丽莎会飞到她那里休息。"

伊万勇士离开老妖婆走了,他非常后悔,不该松手放开大智·瓦西丽莎。他走了很久,最后他来到一间鸡腿支撑的小农舍,农舍朝着另一个方向,伊万勇士对着小农舍说:"小房子,小房子,背朝森林,正面朝我。"小农舍照着他的话停止转动,伊万勇士进了农舍,看到一个凶恶的老妖婆坐在那里。她恶狠狠地说:"到现在为止,你听说过俄罗斯神灵没有?见过俄罗斯神灵没有?而且现在俄罗斯神灵还时隐时现。"又问他:"伊万勇士,你现在怎么样,自由还是不自由?"伊万勇士回答:"不管有多少自由,而不自由是双倍的。"然后就说起为什么到她这来。

老妖婆听他说完,就说:"听着,伊万勇士,你要相信我,你在

东斯拉夫童话
dong si la fu

我这里会见到自己的伴侣的,不过你要小心,抓住后别放开它。说完老妖婆就把伊万勇士藏起来。她刚一藏好伊万勇士,大智·瓦西丽莎就飞来了。这时伊万勇士出来,悄悄靠近大智·瓦西丽莎,一把抓住它,这时她变成了各种两栖动物,但伊万勇士还是紧抓不放。当她变成黑眉花蛇的时候,他吓得松开了手。在这一刻,大智·瓦西丽莎无影无踪了。老妖婆说:"既然你不会抓她,那你就去我三妹那吧,大智·瓦西丽莎会飞到她那里休息。"

伊万勇士离开老妖婆走了,他很伤心。他走过大道小路,也不知走了多久,走了多远。讲故事挺快,可做事情没那么快。最后,他来到了一间鸡腿支撑的小农舍,面朝森林。伊万勇士说:"小房子,小房子,背朝森林,正面朝我。"小农舍照着他的话停止了转动。伊万勇士进了农舍看到一个凶恶的老妖婆坐在那里,她恶狠狠地说:"到现在为止,你听说过俄罗斯神灵没有?见过俄罗斯神灵没有?而且现在俄罗斯神灵还时隐时现。"又问他:"伊万勇士,你现在怎么样,自由还是不自由?"伊万勇士回答:"不管有多少自由,而不自由是双倍的。"然后就说为什么到她这来。

老妖婆听他说完,就说:"听着,伊万勇士,你妻子今天就会来我这里休息,到时候你就抓住她,一旦抓住,就紧抓不放。虽然她会变成各种两栖动物,但你一定要抓紧别放手,当她变成箭的时候,你就把它折成两截。这样一来,它就永远是你的了。伊万勇士,如果你放开她就永远也见不到她了。伊万勇士感谢她的指

教,然后老妖婆把伊万勇士隐藏起来。她刚一藏好伊万勇士,大智·瓦西丽莎就飞到她这里来休息了。这时伊万勇士从隐蔽处出来,悄悄靠近大智·瓦西丽莎,一把抓住她。而她立刻变成青蛙、癞蛤蟆、蛇和其他两栖动物,但伊万勇士紧抓不放。大智·瓦西丽莎一看无法脱身,最后变身为箭。伊万勇士抓住箭折为两段。就在这一刻,在他面前出现了大智·瓦西丽莎。她说:"喏,亲爱的伊万勇士,现在我归你管了。"

勇士伊万见到她,十分欢欣,陪她嬉戏一整天。第二天,伊万勇士求大智·瓦西丽莎去自己的国家,她说:"亲爱的伊万勇士,既然我说过我归你管,我就已经做好准备,到你想去的任何地方。"然后他们商量怎么走法,因为他连一匹马都没有。老妖婆见状,马上送给他们一块飞毯,并且说:"这块飞毯载着你们要比马快,不出三天,你们就会飞到自己的国家。"

伊万勇士和大智·瓦西丽莎感谢她赠送礼品,然后告别老妖婆,打开飞毯,坐上,飞向自己的国家。飞了三天,第四天飞毯直接降落王宫。伊万勇士和大智·瓦西丽莎走进宫厅。当国王听到小儿子和儿媳妇回来的时候,非常高兴,亲自出来迎接。国王设宴祝贺他们回归,并且把管理王国的权力交给了伊万勇士,让他接替自己当国王。于是伊万勇士在宫中举办盛大欢庆活动,他的两个哥哥和群臣都来参加庆典。活动结束后,两个哥哥各自回家。伊万勇士和自己的王后留在宫中,接替父亲顺利地管理着王国。

铜国、银国和金国

在某个王国,有一个国王。他有一个妻子金辫子娜斯塔霞和三个儿子:彼得王子、瓦西里王子和伊万王子。有一天王后带领一群侍女在花园里悠闲散心。忽然来了一阵旋风,卷走了王后,不知去向,国王悲伤不已,不知如何是好。

眼看小王子们长大了,国王对他们说:"我亲爱的孩子们,你们谁去寻找你们的母亲啊?"

大儿子和二儿子准备完毕,就出发了。

一年了,他们没回来;两年了,他们还没回来。到了第三年,伊万王子请求老爹:"让我去找我母亲吧,再弄清两个哥哥的下落。"

"不行,"国王说:"就剩你一个了,别离开我这个老头。"

伊万王子回答:"反正都一样,你答应我就走;不答应我也走。"

这可怎么办?国王还是放了他。王子伊万骑上骏马上路了。

走啊,走啊……讲故事挺快,可做事情没那么快。伊万王子

铜国、银国和金国

来到了玻璃山,这山高高耸立,山峰顶天,山脚下支着两顶帐篷:一个是彼得王子的,另一个是瓦西里王子的。

"你好,伊万,你怎么来了?"

"我来找母亲,寻找你们的下落。"

"哎,伊万,母亲的脚印我们早就找到了;但是顺着脚印上山,人站不住,山坡太滑,你去试试爬吧,我们可是累得连尿都没了。我们在山下站了两年多了,真的爬不上去。"

"那么,大哥二哥,我试试看。"

伊万王子开始爬玻璃山,爬上一步,滚下十步。他爬了一天,又爬了一天,手掌磨破,脚掌流血。第三天,他爬到了峰顶,他在上面朝两个哥哥喊:"我去找母亲,你们就留在这里等我,等我三年零三个月,要是我到期不回,就没什么可等的了,就连乌鸦也不会带我的骨头回来的。"

休息一会,伊万王子就顺着大山行走,走啊走,走啊走,他看见一座铜宫矗立。宫门两侧盘踞着由铜链锁住的可怕的大蛇,张嘴喘着热气,水井旁,挂着细铜链拴着的水罐。蛇往水井挣,但铜链短够不到。王子伊万从井里打出一小罐凉水饮蛇,蛇缓和下来,趴下了。他乘机通过了宫门,走进铜宫。这时铜国公主朝他走来。

"善良的小伙子,你是什么人?"

"我是伊万王子。"

东斯拉夫童话
dong si la fu

"什么,伊万王子?你到这里是自愿的还是被迫的?"

"我是自愿来寻找母亲——娜斯塔霞王后的。是旋风把她卷到这里的,你知道她在哪里吗?"

"我吗?不知道,你瞧,离这不远的地方住着我的二姐,可能她会告诉你。"她还给了王子一颗铜球,说:"你滚动球,它会给你引路,找到二姐,当你战胜魔鬼旋风的时候,可别忘记我这个可怜人啊!"

"好的。"伊万王子说。

伊万抛出了铜球,铜球滚动着,王子跟着铜球走去。他来到了银国。宫门两侧盘踞着由银链锁住的可怕的大蛇,张嘴喘着热气。水井旁,挂着细银链拴着的水罐。蛇往水井挣,但银链短够不到。王子伊万从井里打出一小罐凉水饮蛇,蛇缓和下来,趴下了。他乘机通过了宫门,走进银宫。这时银国公主朝他跑来,公主说:"我被强力旋风劫持到这里,已经快三年了,我听也没听过俄罗斯神灵,见也没见过俄罗斯神灵,可是现在俄罗斯神灵本体朝我走来了。"

"善良的小伙子,你是什么人?"

"我是伊万王子。"

"什么,伊万王子?你到这里是自愿的还是被迫的?"

"我是自愿来找母亲的,三年前她在花园散步,被旋风卷走,不知去向,你知道在哪里能找到她吗?

铜国、银国和金国

"不,我不知道,离这里不远,在金国住着我的大姐——美女叶莲娜,可能她会告诉你,看!这是给你的银球,把它滚在你前面,你跟着它走,当你打死魔鬼旋风的时候,可别忘记我这个可怜人啊!"

"好的。"伊万王子说。

伊万王子滚动银球,自己跟着走。也不知走了多远,忽然看见金殿矗立,像燃烧的热浪。宫门两侧盘踞着由金链锁住的可怕的大蛇,张嘴喘着热气。水井旁,挂着细金链拴着的水罐。蛇往水井挣,但金链短够不到。王子伊万从井里打出一小罐凉水喂蛇。蛇缓和下来,趴下了。他乘机通过宫门,走进金宫。这时,难以描绘的美人叶莲娜公主出来迎他。

"善良的小伙子,你是什么人?"

"我是伊万王子,来找我的母亲娜斯塔霞王后,你知道在哪里能找到她吗?"

"怎么会不知道?她住在离这不远的地方,看!这是给你的金球,顺着道滚动它,它会引你到你要去的地方。王子,当你战胜魔鬼旋风的时候,可别忘记我这个可怜人啊!你要把我带到自由世界去呀!"

"好的,看不够的美女,我忘不了,"伊万王子说。

伊万王子滚动金球,跟着金球走。走啊走,来到这样的宫殿——没有哪个故事能讲出,没有哪支笔能描写出。这宫殿闪耀

东斯拉夫童话
dong si la fu

着圆润珍珠和宝石的光彩,宫门两侧盘踞着长着六颗头的大蛇,发出咝咝声响,张嘴喷出火焰,喘着热气。王子给它们喝足了水,它们变得平和了,让他进了宫。王子穿过宽敞的厅堂,在最里边的一个大厅找到了母亲。她坐在高高的宝座上,身穿华丽的服装,头戴珍贵的王冠。她看了一眼来客,禁不住失声大叫:

"伊万,我的儿!你是怎么来到这里的?"

"母亲,我是来找你的!"

"这事对你可是难啊!妖魔旋风的力量大得很,不过我会帮助你增加气力。"

于是她掀起一块木板,把小儿子带下地窖,那里放着两个盛水的木桶,一左一右。王后娜斯塔霞说:"小伊万,你喝点右边那桶里的水。"伊万王子喝了。

"怎么样,你觉得力气增加了吗?"

"母亲,我有劲了!我用一只手就能把整座宫殿翻个个。"

"可是你还要喝!"

王子又喝了一些。

"小儿子,现在你有多大劲?"

"只要我愿意,整个世界都能搬动。"

"好了,小儿子,这就够了,现在你把这两只桶调换位置,右边的搬到左边,左边的搬到右边。"

伊万王子搬起两只桶,调换了位置。娜斯塔霞王后对他说:

铜国、银国和金国

"一个桶里装的是强力水,另一个桶里装的是无力水。旋风在打斗中间要喝强力水,这样一来就无法制服它。"

他们回到了宫中,娜斯塔霞说:"旋风很快就要回来了,你要抓住他那把槌,绝不能放手。旋风要飞上天,你要同它在一起。它会带你飞过大海,飞过高山,飞过深渊。你要牢牢抓住那把槌,万万不可松手。旋风飞累了,就想喝强力水,冲向右边的桶,你就喝左边木桶里的水……

话音刚落,忽然宫廷内昏天黑地,周围一片震颤。旋风飞进大厅,伊万王子向它扑去,一把抓住它的槌。

"你是什么人?从哪来的?"旋风魔鬼大叫:"我要吃掉你!"

"哎,母后可说的是两可!或者你吃掉我,或者正相反。"

旋风猛地冲出窗户,一下飞到天上。它卷着伊万王子,飞呀飞……飞过高山,飞过大海,飞过深渊。王子紧紧抓住槌不松手。旋风飞遍了世界,它飞累了,筋疲力尽。旋风从天而降,直奔地窖。它跑到右边的木桶前,喝起水来。而王子冲向左边木桶,伏在桶上喝水。旋风喝水,每喝一口,就减少一些气力,王子喝水,每喝一滴,就增加一些力气,伊万王子变成了力大无穷的勇士。他拔出宝剑,猛地一挥,旋风的魔头落地。这时就听身后有人喊:"再砍呀,再砍呀!不然它就复活了!"王子回答:"不需要,勇士的手臂从不挥打两次,一次就全解决。"

大获全胜的伊万王子去见母后娜斯塔霞。

东斯拉夫童话
dong si la fu

"妈妈,咱们走吧,是时候了。山脚下两个哥哥在等您呢。还有,顺路要带上三位公主。"

他们出发上路了,先去找美人叶莲娜。她滚动金蛋,把整个金国装进了金蛋,她说:"谢谢你,伊万王子,你把我从恶毒的旋风手中解救出来,这个金蛋归你,如果你愿意,就认我做未婚妻。"伊万王子拿上金蛋,亲吻了公主的红唇。然后她们去找银国公主,再找铜国公主。每个人手里都备有织好的亚麻布下山使用。他们走到了下山的地方,伊万王子先用亚麻布送娜斯塔霞王后下山,然后是美人叶莲娜和她的两个妹妹。

这时两个哥哥站在山下,正等着呢!看见母亲,高兴异常。看见美人叶莲娜,哥俩都惊呆了。见到两个妹妹,都很欣赏。瓦西里王子说:"咱们的毛头娃娃小伊万成长了,比哥哥还早,咱俩带上母亲和三位公主去见父亲。咱们就说:"是我们用双手取得的成功,而小伊万就让他一个人留在山上散步吧!"彼得王子说:"好吧,那就照你说的这样说事,美人叶莲娜我自己要收下;银国公主你收下;铜国公主就转让给将军。"

这时伊万王子正准备自己下山。他刚开始往树桩上系亚麻布,两个哥哥就在下边抓住亚麻布,猛地一拽,就把亚麻布从小弟的手中扯下。现在伊万王子怎么下山啊?伊万王子一个人留在山上,他哭了,只好往回走,走啊,走啊,看不到人影,愁死了!出于忧伤,他玩起旋风的那把槌了,两只手把槌倒过来倒过去;忽

铜国、银国和金国

然,不知从哪里跳出来一个瘸子和一个独眼人。

"伊万王子,你需要什么?你三次下命,我们就三次完成。"

"我想吃,"伊万王子说。

也不知道从哪里弄来的一张桌子,桌子摆满了可口的饭菜。伊万王子吃完,又左右倒手玩起槌来。他说:"我想休息,"话还没说完,出现了一张橡木床,床上铺着羽绒褥子和丝棉被。伊万王子倒身便睡。睡够了,又第三次左右倒手玩起槌,瘸子和独眼再跳出来,问:

"伊万王子,你想要什么?"

"我想回到自己的王国!"

话刚说完,这一刻伊万王子感觉到了自己的国家。他站在那,四下看,他看见市场里有一个皮鞋匠朝他迎面走来。一边走一边唱歌,两脚踏着节奏,活活一个乐天派!王子问:

"庄稼汉,你上哪去?"

"我去卖皮鞋呀,我是皮鞋匠。"

"收我去你的作坊吧。"

"你会做鞋吗?"

"会呀,我什么都会做,不光是皮鞋,裙子也会做。"

他们回家了。鞋匠说:"这是上好的皮料,你做一双皮鞋吧,我要看看你的活做得怎么样。"

"唉,这叫什么料?很糟,还少。"

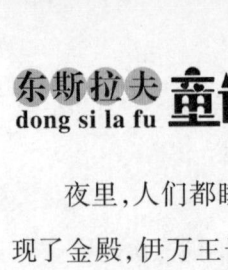

东斯拉夫童话
dong si la fu

夜里,人们都睡了,伊万王子拿出金蛋,顺路一滚,他面前出现了金殿,伊万王子进入大厅,从箱子里拿出一双皮鞋,金线缝制。又顺路滚动金蛋,收藏金蛋进殿。他把皮鞋放在桌子上,上床睡觉。早晨天一亮,主人看见皮鞋,惊叹道:"这样的皮鞋在王宫里才穿呢!"

这时王宫里正在准备举行三场婚礼:彼得王子娶美女叶莲娜,瓦西里王子娶银国公主,铜国公主由一位将军迎娶。这时候鞋匠带着皮鞋进宫了。美女叶莲娜一看见皮鞋,立刻全都明白了:"要知道,伊万王子是我的未婚夫,他还好好地活着,他正在王国里走着呢。"美女叶莲娜对国王说:"让鞋匠给我做一身超长婚礼服,而且要用金线缝制,还要缀上闪光宝石,镶嵌圆润珍珠。不然的话,我就不嫁给彼得王子。"

国王叫过鞋匠说:"如此这般,明天送到美女叶莲娜手中,否则直接送你上绞刑架!"

鞋匠回到家来,满脸愁容,白头后仰,对伊万王子说:"你给我干的什么事啊?"伊万王子说:"放心吧,啥事没有!上床睡觉吧,早晨要比晚上清醒。"

夜里,人们都入睡了,王子拿出金蛋,从金国里拿到超大的婚礼服,放在桌子。早晨鞋匠睡醒了,看到桌子上的婚礼服,红得像燃烧的火炭,红光耀满房间。

鞋匠抓起衣服,跑到王宫,交给美女叶莲娜。美女叶莲娜奖

铜国、银国和金国

赏了他,又命令:"你可要听好。明天天一亮,在七俄里远的海上,要出现一个黄金王国,王国里要有金殿,那里要长着美妙的丛林,树上要有婉转鸣叫的百灵鸟给我唱歌。要是做不到我就命令处你死刑。"

鞋匠回到家,差点断了气。他对伊万王子说:"你做的是什么皮鞋呀?现在我是活不成了!"伊万王子说:"放心吧,啥事没有!上床睡觉吧,早晨要比晚上清醒。"

夜里,当人们都睡下的时候,伊万王子走到七俄里的地方,到了海边。他滚动金蛋,面前出现一个黄金王国,王国中间矗立一座金殿。从金殿延伸出一架七俄里长的金桥,周围长着美妙的树丛,树上站着婉转鸣叫的百灵鸟。伊万王子还在桥上用钉子钉栏杆。

大清早,美女叶莲娜来到海边。看到宫殿后,就跑到国王面前说:"国王你看,这是天上的奇迹!"国王一看,惊叹不已。美女叶莲娜说:"父王,给我套上金马车,我要去金殿,同彼得王子举行婚礼。"

看吧,他们在金桥上前行。桥上立着旋制的圆柱,镀金的环状体。在每根圆柱上,都有雄鸽和雌鸽俯卧,友好地互相点头。雄鸽问雌鸽:"

"你还记得是谁解救你的吗?"

"记得,是伊万王子解救的我。"

伊万王子正在栏杆旁钉金制的钉子。美女叶莲娜一眼看见他便失声大叫:"善良的人们,快停车!搭救我的人,不是坐在我身边的这个;搭救我的,是站在栏杆旁的那个人!"她下车跑来抓住伊万王子的手,领他走进金殿。他们在这里举行了婚礼,然后他们回到国王身边,对他讲出了实情。国王想处死两个哥哥,但伊万王子请求父王宽恕他们。

这样一来,就决定银国公主嫁给彼得王子,铜国公主嫁给瓦西里王子。

于是皆大欢喜,大摆宴席,庆贺婚典。

故事到此结束。

▶ 蛇 王

蛇　王

在一个王国里，住着个国王。他的国境外，是一个蛇王在统治。他们之间有个协定：国王不能越境，蛇王不能飞越人居的大地。不过蛇王首先违背了协议。

这条蛇有三个头，它中间的头上有一颗七角星。当它飞越边界时，任何一支军队都会因为这颗星而消失，星光能燃烧一切。如果蛇王发现哪里有牧人，就把他们消灭。

国王一忍再忍，终于叫来所有猎人。其中一个年老的猎人不和他们站在一块，单独站在一旁。国王和他们商量："蛇王飞到我们这里来，干了很多坏事，我们损失很大，你们谁能想出办法摘掉蛇头上那颗星，使它别再烧杀和欺压我们。"

所有的猎人都不理会国王，而独站一旁的老猎人说："陛下，我能摘掉这颗星。"国王带他进了大厅，给他下了一道命令："你听好，你要是完成我的指令，我就把女儿许配给你；要是完不成，你

东斯拉夫童话

就别来了,反正我要取你的项上人头。"猎人说:"是这样,陛下,请你给我一件防火衣。"国王给了他请求的一切。

于是这个猎人就到森林去吃饭。然后过了边境,走着,太阳还没落山;忽然,他听见咝咝鸣叫声,群蛇在飞翔。他隐藏在树丛中躺着。群蛇过,落到峡谷。它们很长时间也没安静下来,后来总算平静了。

群蛇安静下来以后,猎人走进峡谷。猎人到近处一看,蛇王卧在群蛇中间,正睡觉呢。猎人看了它们一眼,害怕了。猎人心想:"反正国王要砍头,既然如此,那就进峡谷吧。"猎人把猎枪放在橡树下的落叶里,自己进了峡谷。他一看,无路可走——到处都卧着蛇。他决定沿着蛇身之间的空隙走。当他走到蛇王身前时,看见那颗七角星。用手一摸,看到这颗星包着一层鳞片,于是他悄悄地拔星。当他拔星的时候抬头看天、看星星,他观察了一会。他先是悄悄地拔,可是星不让拔。这时他决定用力拔,他使劲一拔,拔下来了。他拿上星撒腿就跑。

当他跑出峡谷,抬头看月亮,月亮斜垂到森林后边了,时间已是半夜。他跑到飞毯旁,坐上飞毯飞走了,可是他忘了拿猎枪。他飞着,不知把这颗星放在哪。而星光照得很远,什么都看得见。

群蛇起来了,蛇王也起来了。蛇王像是对全国喊起来:"你们是怎么警戒的?星被人拿去了呀!"有几条蛇闻言飞走了,猎人听到后面有蛇在飞。这时他才想起自己有个袋子,他把星放进袋子

蛇王

里,光亮就消失了。几条蛇看见光亮消失了,就想,他是在原地,就不往前飞了。它们开始找猎人:用喙敲打地面,在树下东爬西钻,也没找到他。

猎人飞过了边界。这时他很清醒:"星,我弄到了,而刻着名字的猎枪,丢掉了。"猎人直飞国王那里,国王领他进了大厅。国王拿到星,开始观察。猎人对他说:"陛下,我完成了您交给的任务,可是我的刻着名字的猎枪落在那里作抵押了。"国王对他说:"这是小事一桩,我这里有他们仓库的东西呢,你去随便挑选吧!为什么要去找猎枪而送死呢?"猎人说:"我找星都没死,找猎枪也不会死。"国王不想让猎人夜里去找猎枪——因为天黑,猎人要拿那颗星照亮。

蛇王在第二天早上找到了那杆猎枪,看后说:"我要等上十天,他应该来找自己的猎枪,没有猎枪他没法活。"而猎人决定在第十四天上路,到了这一天,他坐上飞毯飞走了。到了藏枪的地方一看,枪没了。于是他下了峡谷,群蛇睡着了,他沿着蛇身的间隙往前走。峡谷里漆黑一片,他不敢拿出星。想来想去,还是决定拿出来。他从袋子里拿出星,星火照遍全国,像太阳照耀的白天一样,他一看,猎枪放在蛇王的多头下面。猎人靠近蛇王,开始抽猎枪。抽出猎枪后,他便冲刺到峡谷上的飞毯那里,然后坐上飞毯,飞走了。

群蛇睡醒了。蛇王飞到峡谷上,像是对全国喊起来:"抓住他,抓住他!"声震全国,境外也听得到。所有的蛇全都飞去了,蛇王也去追赶猎人。猎人停下飞毯,从飞毯上下来,走近树丛,瞄准射击,立即射掉三颗头。蛇王飞落下来,用喙掘地,把土抛向整片森林。群蛇飞到蛇王身旁,回到了峡谷。

猎人又坐上飞毯飞走了。飞越了边界,他把星挂在脖子上,继续飞。看吧,飞到了国王那里。第二天早晨,国王闻知猎人带着猎枪和星回来了,便叫来猎人,说:"我有三个女儿,你可以任选其一,再获得半个国家。"只是猎人已是结婚成家的人。他说:"国王,请把你的女儿许配给珍爱她们的人,而半个国家,我不需要。"这时国王问:"那奖励给你什么呢?"猎人说:"国王,谁会什么,你就奖给他什么。你最好是允许我在你管豁的所有森林里打猎。"国王当即给猎人写了一道文书,钦定:在猎人有生之年,吃喝穿住全部免费,想去哪打猎就去哪打猎。

国王用这颗星找到了很多能人,他们用这颗星挑出了所有的毒药。这颗星照亮而不灼人,国王把它挂在宫殿上,几乎照亮了整个国家。有了这颗星,整个世界既明亮,又温暖。

女妖和太阳大姐

在某个遥远的王国住着一位国王和王后,他们有一个儿子——伊万王子;天生的哑巴,今年十二岁。有一天他去马厩找他喜爱的饲养员,这个饲养员平日总给他讲故事。今天哑巴王子又去听故事,可听到的不是故事。

饲养员说:"伊万王子!你妈就要生孩子了,是个女儿,你的妹妹;她将是一个可怕的妖怪,吃爹吃娘吃哥哥,还吃国王手下的众人,如果你想活命,就去求你父王,要一匹现有的好马,就说骑马兜兜风,然后就骑马逃跑,跑到视力所及的地方,越远越好。

于是伊万王子跑去见父亲,出生以来第一次开口说话。国王喜出望外,问他要干什么,他说要骑马兜兜风,国王立即命令牧人给王子选一匹现有的好马。伊万王子跨上马就跑,跑向视力所及的地方。

他走了很长时间,见到了两个裁缝婆婆,求她们收留自己。老婆婆们说:"伊万王子,我们很高兴收留你,可是我们年纪大了,活不了几天了。装针线的箱包一旦破碎——我们的死期就到了!"

东斯拉夫童话
dong si la fu

伊万王子哭着走了。他走了很长时间,见到了橡树公公,求他收留自己:"收下我吧!"

"伊万王子,我很高兴收留你,可是我老了,活不了几天了。我一旦把这些橡树连根拔掉——我的死期就到了!"

王子哭得更厉害了。他往前走了走,见到了搬山爷爷,求他收留自己。他回答说:"伊万王子,我很高兴收留你,可是我老了,活不了几天了。我的任务是搬山,一旦把这最后几座山搬完了我的死期就到了!"

伊万王子听了泪如雨下,再接着往前走。他走了很长时间,终于来到太阳大姐那里。太阳大姐收留了他,供他吃,供他喝,像对待亲兄弟一样。小伙子在这里生活得很满意,可就是心里总牵挂着家。有一次,他上山远眺,看自家的宫殿。他看见一切都让妖怪妹妹吃光了,只剩下残垣断壁!他叹口气哭起来。

就这样,他看到了惨象,大哭一场回来了。太阳大姐问:

"伊万王子,你怎么哭得像个泪人似的?"

他说:"眼泪是让风吹的。"

又有一次,还是这样。太阳大姐就禁止风再吹了。

第三次,伊万王子又是泪人似的回来了,这回编不出理由了,只好说出实情,请太阳大姐放行,回家探亲。但她不放小伙子,小伙子还是央求她。最后,也只好同意放王子回家探亲,并且给了他一把刷子、一把梳子和两个青苹果,人不论多老,吃上一颗青苹果,立马变年轻,他上路了。

女妖和太阳大姐

伊万王子来到搬山爷爷跟前,一看只剩下一座山了。他拿出刷子,扔向明净的田野,也不知是从哪里搬来的?平地里拱出来许多座高山,山峰顶天。有多少座山哪——看也看不过来!搬山爷爷兴高采烈,便愉快地投入工作。

也不知走了多长时间,伊万王子来到橡树公公跟前,一看只剩下三棵橡树了。他拿出梳子,扔向明净的田野,也不知怎么了?平地里冒出来浓密的橡树林,橡树一棵比一棵粗壮!橡树公公兴高采烈,便去拔百年老树了。

也不知走了多长时间,伊万王子来到两个老婆婆跟前。给她们一人一颗青苹果。她们吃了青苹果。立马变年轻了。他们给王子一条方头巾,说:"只要你一挥动头巾,你身后就会出现一汪大湖!"

伊万王子回到家了。妹妹跑出来迎接他,显得很亲热。进屋后,妹妹说:"哥哥,你坐下,先弹一会古斯里(俄罗斯古代的多弦琴——译者),我去做饭。"

王子坐下,胡乱弹起古斯里琴。这时从耗子洞里爬出一只小老鼠。它用人言对王子说:"王子,逃命去吧,快跑啊!你妹妹不是去做饭,是去磨牙!"

伊万王子从房间出来,跨上骏马就往回跑。而小老鼠在古斯里琴弦上玩,琴声胡乱,妹妹没看见哥哥已经走了。她磨好牙,冲进房间一看——没人,只看见小老鼠爬进耗子洞。妖怪大怒,咬牙切齿,撒开腿就去追。

东斯拉夫童话
dong si la fu

伊万王子听到动静,回头一看,妹妹眼看就要追上了。他急忙挥动头巾——身后立马出现一小深湖。在妖怪游过湖的时候,伊万王子已经跑远了。

妖怪追得更快了,看,已经接近了!橡树公公猜到是王子在逃离妹妹抓捕。于是拔出几棵橡树横放到路上,像推倒一座山!妖怪无路可走!她开始清理路障:又啃又咬,又咬又啃,拼命撕咬。伊万王子已经跑远了。妖怪冲破路障再追,追呀,追呀,只离不远了……跑不掉了!搬山爷爷看见妖怪,抓住一座大山,把它扭转到路上。紧接着又搬起一座高山,把它放在前一座山上。在妖怪攀山爬行时,伊万王子跑又跑,到了很远的地方。

妖怪翻过山,飞身来赶哥哥……看到哥哥就说:"现在你可跑不掉了!"

看,离得很近了,看,马上追上了!在这危急时刻,伊万王子跑到太阳大姐的楼阁前,大叫:"太阳大姐,大姐!快打开窗户!"

太阳大姐闻声打开窗户,伊万王子连人带马跳进了窗户。

妖怪要求太阳大姐交出弟弟的人头,太阳大姐不听她那一套,拒不交人。这时妖怪说:"那就让伊万王子跟我一起去过秤,看谁比谁重?如果我重——我就吃掉他;如果他重——就让他打死我!"

他们一起去了。伊万王子首先坐上秤称重,然后蛇妖爬上称重,她刚一迈上脚,就把伊万王子弹起来。她用力过大,直接把伊万王子弹到太阳大姐的楼阁上,而蛇妖留在了地面上。

东斯拉夫童话

白俄罗斯

★ 寡妇的儿子

★ 瓦西里战胜恶蛇

★ 阿辽娜

★ "圆豆"

▶ 寡妇的儿子

寡妇的儿子

在一个国家发生了巨大的灾难;不知从什么地方飞来一条奇特的怪物九头蛇,盗取了太阳和月亮。人们忧伤哭泣,没有阳光,一片黑暗和寒冷。

在一个村子里住着一个寡妇,她有一个小儿子,才五岁。在饥寒交迫中,寡妇的日子过得很是艰难。唯一感到慰藉的是,小儿子长得红光满面,而且生性勇敢。那里还住着一个富商,他也有一个儿子,和寡妇的儿子年龄一般大。富商的儿子和寡妇的儿子很要好,总跑去找他玩耍。在农舍里玩得很开心,然后又到外边玩。很明显,孩子们还小。他们跑到河面上滑冰玩。本来是好活动,可糟糕的是没有阳光。

有一天寡妇的儿子对富商的儿子说:"哎,我要是像你吃的那样好,我就会长成一个勇士,制住怪物,从它那里夺回太阳和月亮,再挂到天上!儿子回家对父亲讲了寡妇儿子说的话。"这根本不可能!"商人很惊奇:"你去把他叫出来,我想亲耳听见。"

商人的儿子去找小朋友,叫他出来玩。寡妇的儿子说:"我想吃,我们家连块面包都没有……""那咱们出外边玩,我给你拿点面包。"富商的儿子回家去了,拿来一小块面包,给了朋友。寡妇的儿子吃了面包很开心,富商的儿子就问他:"你还记得你昨天对我说的制住怪物的话吗?""记得。"于是他又重复地讲了制住怪物的原话。商人站在角落里听得一清二楚,他暗想:"啊!看来这不是一个普通的孩子,要把他领回家抚养,没准儿将来会有出息。"

于是商人把寡妇儿子带回家,给他吃同样的饭食。看到寡妇的儿子发育成长非常快,像发酵的面团一样。过了一两年,男孩力气大增,胜过商人本人。商人给国王写了一封信:"国王陛下,我抚养一个寡妇儿子,身强力壮,长大以后,一定能制服怪物,还回天上的太阳和月亮……"国王看到来信后,回信说:"立即把寡妇儿子给我带进王宫。"

于是商人套上两匹马,把寡妇儿子放到车上,赶车带他去了王宫。见了国王,国王问寡妇儿子:"给你吃什么,你能长成勇士?"寡妇儿子回答:"给我吃三年犍牛干肉就行。"国王用不着买牛,直接下令杀牛切块做成肉干,给寡妇儿子吃。现在寡妇儿子发育很好,比喝商人的羊肉汤强多了。他在王宫里专哄一岁的小王子玩耍。

过了三年,寡妇儿子对国王说:"我要去找怪物,我想让小王

寡妇的儿子

子和商人的儿子陪我一块去,路上不寂寞。"国王同意了:"好吧,只要能征服怪物,就让他们跟你在一起吧。"国王给商人发函,让他儿子速来王宫,商人不愿儿子出远门,但他不想和国王争执。商人的儿子还是来到了王宫。

这时寡妇的儿子对小王子说:"对你父王说,让他给我打造一个六普特(1普特16.3公斤——译者)重的锥矛,打狗用,我怕狗。"商人之子说:"我也要一个,三普特就行。"小王子说:"我比你们人小,劲小,我要一个两普特的,路上用。"他去找父亲。国王命令铁匠给三个小伙打造锥矛:寡妇的儿子六普特的,商人之子三普特的,王子两普特的。铁匠遵命打造了出来。

寡妇儿子拿起自己的锥矛,走到外边空地上,把锥矛抛向上空。锥矛在空中盘旋两三个小时飞回来了。寡妇儿子用右手去接,锥矛一碰到手就断成两截。他生气地对王子说:"对你父亲说,别骗人!我拿这样的锥矛肯定会完蛋,你也是。让他下令叫铁匠给我打造一个又大又结实的锥矛——十六普特的。"商人之子说:"我要六普特的。"王子说:"我要三普特的。"

王子去找父亲。国王招来铁匠:"你们是怎么想的,嗯!为什么给寡妇儿子打造一个不结实的锥矛?"他下令打造三个新的又大又结实的锥矛。铁匠们叮叮当当不停地干,打造出了三个新锥矛。

寡妇儿子拿起自己的锥矛,走到外边空地,把锥矛抛向上空。

41

东斯拉夫童话
dong si la fu

锥矛在空中盘旋,从早到晚,飞回来了。寡妇儿子用膝盖接,锥矛一碰到膝盖就断成两截。寡妇儿子同伙伴一起去见国王:"既然您想让我制服怪物,夺回太阳和月亮,那就下令铜匠给我打造一个二十五普特的铜锥矛,不会折断的。"商人之子说:"给我一个九普特的!"王子说:"我的六普特就行了。"国王招来铜匠,命令锻造实实在在的三个锥矛:一个二十五普,另一个九普特,再一个六普特。铜匠领命,连夜锻造出三个铜锥矛。

寡妇儿子双手拿起铜锥矛,很开心,很喜欢。然后走到外边空地上,把锥矛抛向上空。锥矛飞越最高端的云层。寡妇儿子在空地上草地上来来回回走了一天一夜,等待锥矛从云端上下来。他用肩头接锥矛,落到肩头,滑到地上;"看,这才是正经的锥矛!"他说:"带上这样的锥矛,想去哪就可以去哪,可以和最坏的怪物打斗。"商人儿子和王子也很高兴,铜匠给他们锻造出多好的锥矛!

这时寡妇儿子对朋友们说:"去跟自己的父亲告别吧,我们该上路了。"王子去了,商人之子不去:"我为啥浪费时间,我来的时候已经跟父亲告别了。"小伙子们收拾一番,便踏上遥远的路程。

他们走过一个又一个王国,来到了绣球花桥。他们看到近处有一家农舍。寡妇儿子说:"咱们就在这里过夜吧,第二天再休息一下,不清楚还有多远的路要走呢。"

他们走进了农舍,一个老妇人正在纺织。小伙子们向她问

寡妇的儿子

好,请求留宿过夜:"大娘,我们从很远的地方来,走的实在太累了……""那就留下过夜吧,"老妇人说:"谁出门在外也不会带房子。"寡妇儿子在同老人交谈中打听到,他们已经进入了怪物恶蛇的领地,这正是他们要去的地方!

黑夜来临了,寡妇儿子想:"应该在绣球花桥上设警卫,以便防止生人侵犯。"于是他派王子去守卫。王子走上绣球花桥,来回走了几趟。他想:"我怎么能站在显眼的地方?如果有人来,一眼就看到我了,我应该去到桥下躺着,这样才稳妥。"他就这么做了。

与此同时,寡妇儿子睡不着,他想:"应该去查看王子是不是在岗守卫。"他就在半夜时分去了绣球花桥。到地方一看,没人守卫!他在寻找王子的时候,抬头一看——怪物的小弟三头蛇来打猎了。他中间的头上立着一只目光锐利的鹰,身旁跑着一条快腿猎犬。他的马刚一上桥就止步,猎犬汪汪叫起来,鹰也叫起来。

小怪物拍了一下马耳朵说:"你这个草袋子为什么停下?你这个狗肉叫什么?你这个鹰羽毛叫什么?如果嗅到了我的敌人,那他也不在附近,我只有一个敌人,他住在遥远的地方,在第三十王国,这人就是寡妇儿子,但就连大乌鸦也带不来他的骨头的!"

寡妇儿子听到这话以后就说:

"不是大乌鸦带来善心好汉的骨头,是他自己来了!"

恶蛇害怕了:"寡妇儿子,是你在这里吗?"

"我就在这里,妖怪!"

"你说,咱们该怎么办,打斗还是讲和?"

"我走遍天涯,不是来同你们讲和的,是来决战的!"

"那你就准备好战场!"恶蛇大叫。

寡妇儿子回答:"你需要,你就准备!你有三个灵魂,都鼓上劲吧,我只有一个。我看不惯地主老爷的奢华,我只能在干燥的地面上打仗。"怪物下马,吹出一口气,造出了一个三俄里(1俄里为1.06公里——译者)长的战场。他们开打,打了三个小时,寡妇儿子制住了小怪物,砍掉了它的三颗头,把马放到绿草上,猎犬和鹰放到空旷的田野。自己返回农舍,躺下睡觉。

第二天早晨,王子面带羞愧地回来了。寡妇儿子问:"喂,你在那警戒情况怎么样?"王子说:"没人来,一整夜连个鸟也没飞过来……"寡妇儿子寻思:"你是个不可靠的伙伴,对你可要多加小心。"到了夜晚,他派商人之子去绣球花桥。商人之子在桥上走了几个来回,他寻思:"我为啥拿脑袋冒险?我到桥下躺着睡觉吧。"他就这么做了。

寡妇儿子半夜时分去桥上查看,伙伴是不是在岗守卫。前看后看都没人!但突然看到六头怪物上桥来了。怪物的马竖起前蹄大声嘶叫,猎犬狂吠,老鹰鸣叫。怪物揪住马耳朵说:"你这个草袋子叫什么?你这个狗肉叫什么?你这鹰羽毛叫什么?这里没有我的对手。我的对手远在天边,在第三十个王国,是寡妇儿子,就是大乌鸦也带不来他的骨头的!"寡妇儿子回答:"不是大乌

鸦带来善心好汉的骨头,是他自己来了!"

"啊,寡妇儿子,是你在这里吗?"

"我就在这里,妖怪!"

"那么,咱们是打斗还是讲和?"

"我走遍天涯,不是来同你们这些坏蛋讲和的,是来决战的!"

"寡妇儿子,我劝你最好还是讲和,不然我就打死你。"

"打死我?那就走着瞧吧!"

恶蛇高叫:"那你就收拾好打谷场,以便作战!"

寡妇儿子回答:"你需要战场你就收拾,你有六颗灵魂,我只有一颗。我是农夫的儿子,没有打谷场挺好,我看不惯奢华,只能在干燥的地面上打仗。"

怪物下马,吹出一口气,造出了一个六俄里长的战场。他们开打,打了六个小时。寡妇儿子砍掉了怪物的六个脑袋。把马放到绿草地上,猎犬和鹰放到空旷的田野。自己返回农舍,躺下睡觉。

第二天早上,警卫者回来后弄醒寡妇儿子:"在别人的国土上不该久睡。我一整夜都没合眼……"寡妇儿子寻思:"这个伙伴不太可靠,只能靠自己了。"

第三个夜晚来临了。寡妇儿子把老太太安顿到干燥粮食的仓房,自己往墙上插进一把刀,刀下边放一个杯子。然后对朋友们说:"如果血从刀上滴进杯子,你们就赶快跑去帮我。"为了防止朋友们困乏,他拿出一副牌让他们打。可他一跨出门槛,这二位就把牌扔在一边,上床睡觉了。

话说寡妇儿子来到绣球花桥,没入警卫。在午夜时分整,他看到九头大怪物上了绣球桥。他的胸前月亮在闪光,中间的头上太阳在闪耀。他胯下的马跪倒在地,大声嘶叫,猎犬狂吠,老鹰鸣叫。怪物拍打马耳朵说:"你这个草袋子叫什么?你这个狗肉叫什么?你这个鹰羽毛叫什么?马说:"唉,主子,你这是最后一次骑我打猎了……"

怪物说:"草袋子,你撒谎!这里没有我的敌人,寡妇儿子在遥远的天边,在第三十王国,大乌鸦连他的骨头都带不来。"

寡妇儿子来到怪物跟前,说:"大乌鸦带不来善心好汉的骨头,是他自己来了!"

"啊,寡妇儿子,你来了?"

"我来了!"

"你想怎么办?打仗还是讲和?我劝你还是讲和为好,同我比力气,你还嫩点。"

"不管嫩不嫩,我走遍天涯来到这里,不是为了同你这个大坏蛋讲和的,我是来决战的。"

"如果你胆敢同我比拼,那你就收拾出一个光净的打谷场吧,我倒要看看你有多大力气。"

"我不需要用打谷场作战场,我要在干燥的地面上打仗!如

果你习惯在干净的打谷场上打,那么你就自己造一个吧。"

怪物下马,吹出一口气——四俄里长的平整战场造出来了。他们开打,打呀打,寡妇儿子砍掉了怪物三个脑袋,但制服不了它。他想:"我的朋友们在哪里?在睡觉吗?"寡妇儿子请求怪物暂停打斗:"国王之间交战有时候也会休战,咱们也照办吧!"怪物说:"行啊。"

寡妇儿子走到桥边,摘下左手上的手套,抛到伙伴住的农舍把整片房盖都掀掉了。可是伙伴们翻了个身,又继续睡了。寡妇儿子一看没人来帮。他们又重新开战。打呀打——寡妇儿子又砍掉怪物三个脑袋,他自己也站在没膝的血泊中。而对剩下的三颗头却无能为力。他再一次请求停战。怪物嘲笑说:"你是怎么了,总要停战?"

"难道我们打的时间还少吗?"

"好吧,咱俩都喘口气。"

当敌人转过身去,寡妇儿子乘机把第二只手套抛向农舍。手套扔到窗户上,但朋友们照睡不误。

两人歇了一会,继续搏斗。寡妇儿子几乎站在没腰深的血泊中,还是对剩下的三颗头无可奈何,力量不够。这时,天放亮了,寡妇儿子想:"朋友们大概睡足了,应该再一次提醒他们,他再一次对怪物说:"国王之间交战,有时候也会休战,咱们就第三次暂停吧,然后再血战到底。"怪物也同样疲软了,它说:"好吧,咱们都

喘口气,歇一会。"

　　寡妇儿子立即脱下左脚上的靴子,抛向农舍。靴子落到农舍,把整个农舍压垮了,房盖掉到地上。他的朋友们从被窝里跳起来,睁眼一看,杯子里满是血;从刀上流下来的……"哎呀,这表明咱们的朋友很不妙。"他们说。于是他们绰起锥矛,直奔绣球桥。怪物一见到他们,就晃头说:"啊,寡妇儿子,现在我明白了你为什么请求停战了,原来你把左脚上的靴子扔出去召救兵!你骗了我……"

　　朋友们就这样三人四面围攻怪物,搞得怪物不知向谁下手。他们砍掉了怪物剩下的三个脑袋,结束了怪物的性命。寡妇儿子拿起太阳和月亮,把它们挂在天上。整个大地立刻光辉通亮。人们跑到外面,欢呼、观赏、向阳取暖……

　　朋友们回到老太婆家,给她盖了新房,比原来的房子好多了。他们决定稍事休息。王子和商人之子上床睡觉,睡够了就起来游逛。而寡妇儿子一直在想:"这世上一个怪物也没了,但它们的妖婆还在,它们可别弄出什么灾难啊!"

　　他留下两个朋友,自己换了装,去了三个妖怪住的宫殿。

　　"请问,你们需要打工的吗?"他问妖婆们。

　　"是啊,正需要,"老妖婆回答:"我们现在都成了寡妇,没人干活,我们的丈夫都被寡妇儿子打死了;不过没什么了不起,我们会干掉他!"

寡妇的儿子

"可是你们怎么干掉他,"打工者问:"他可是力大无穷啊。"

"他有力气,可是我们有妖术,"小妖婆说:"瞧好吧,在他和帮手回往自己的王国时,我会沿路洒下泉水,他们喝了水,马上完蛋。"

"如果这样还不行,"二妖婆说:"我就做一棵甜苹果树。他们吃了苹果,就再也什么都不能想了。"

老妖婆说:"他们可能绕开走,不喝泉水,不吃苹果,我想出了一个妙招;铺开一片一百俄里长的鲜花盛开的绿草地,在旁边布下一棵浓密多阴的柳树,当他们到来的时候,肯定会在大草地上放马,在柳树下休息,只要他们一躺下休息,就再也不会起来了;而马在草地上只要啃了三次青草,它就再也活不成啦……"

寡妇儿子要的就是这个。到了半夜,妖婆们酣然入睡时,他悄悄溜出宫殿,飞也似的跑了回来。

第二天天刚亮。他们来到绿草地,每人抓了一匹马。寡妇儿子骑上九头怪物的马,商人儿子骑上六头怪物的马,王子骑上三头怪物的马,然后他们上路回国。

他们走过田野,穿过针叶林。临近泉水时,王子和商人之子忍不住要喝水。寡妇儿子说:"你们毕竟不是农夫称呼的人,等一下,我去给你们弄水来。"他跳下马,走近泉水,用锥矛搅拌一下,泉水成了泥浆和血。俩朋友差点哭了:

"你为啥这么干?我们都渴死了……"

东斯拉夫童话
dong si la fu

"这不是泉水,这只是骗术。"寡妇儿子说。

他骑上马,他们继续前行。接近了苹果树。树上的苹果通红通红的,真馋人哪!两个伙伴冲向苹果树,而寡妇儿子制止了他们:"等等,你们都是老爷称呼的人,最好还是我来给你们摘。"他走到树下,用锥矛敲打。苹果一落地,立刻抽干了。

"你为啥这么干?我们哪怕吃点苹果呢。"

"这不是苹果,它会要咱们的命。"寡妇儿子说。

他们又往前走。临近了鲜花盛开的草地,看见了浓密多阴的柳树。大家怎么也挺不住,都想休息。而马四蹄刨地,要去吃青草。寡妇儿子勒住马,说:"我去看看能不能往草地上放马。"他走近柳树,用锥矛刚一敲打,整片绿草地立即枯干,柳树只剩下骨干棒子。

"看见没?这是什么柳树,什么草地?"他对伙伴们说。

他们走过了干枯的草地,在绿色的橡树林停下过夜。他们把马放开了,自己吃了晚饭,然后睡觉。过了三天三夜,他们睡醒了。刚一睡醒,寡妇儿子就对朋友们说:"这里离咱们的国家不远了,你们赶快回家吧,你们的父亲早就等着你们呢。我没有父亲,我要闯闯世界,开开眼界。"

寡妇儿子同朋友们告别后,就去漫游天下了。

也不清楚走了多长时间,寡妇儿子来到了波塔涅茨王国。这个国王长着半个身体,一只眼睛,一条腿,一只胳膊,肩上长着半

个脑袋,脸上长着半片胡须。他特别喜欢马,他对寡妇儿子说:"咱们放开马,围着宫殿跑赛,如果我赶过你,我拿走你的马;如果你超过我,我把半个王国送给你。"寡妇儿子想:"半个身体又一条腿,国王会跑在我前面,绝不可能。"于是他同意了。

看,他们骑马撒欢跑开了。寡妇儿子还没跑完三步,而单腿国王已经绕着王宫跑了三圈……国王从寡妇儿子手里牵走了马,把马放在自己的马厩里。

寡妇儿子差点哭了,他怜惜马。他求国王:"只要你肯还给我马,你让我干什么都行!"

波塔涅茨王想了一下,说:"在第三十个土地上,在第三十个王国里住着一个婆娘,叫卡尔果塔,她有十二个女儿,长得像一个人一样,头发一样,嗓音一样,脸孔一样。婆娘的家院由高高的木桩围成,每棵木桩上都放着一颗人头,这是所有来此向婆娘女儿求婚者的人头,只有一个木桩上空缺人头。事情就是这样:如果你为我说媒成功,婆娘的小女儿肯嫁给我,我就归还你的马。"

寡妇儿子想了想:如果不答应,就再也看不见他的马了,就像看不见自己的耳朵一样。如果答应,可能脑袋就搬家了,也可能脑袋还在,马又有了。他对国王说:"好吧,我去说媒。"

他上路了。走着走着,他抬头一看,有一个人在海上跑,像在桥上跑一样。这让寡妇儿子看得出神。

"你好啊,水上漂!"他打着招呼。

"你好,寡妇儿子!你上哪去?"

"我去找卡尔果塔婆娘,给她小女儿说媒,嫁给波塔涅茨国王。"

"把我带上吧,对你有好处。"

"走吧。"

他俩走啊走,抬头一看,一个人用一侧小胡子挑着一盘石磨,有二十个磨盘大,用另一侧小胡子托着天空中的云朵。

"你好,小胡子!"

"你好,寡妇儿子!你上哪去?"

"我去找卡尔果塔婆娘,给她小女儿说媒,嫁给波塔涅茨国王。"

"把我也带上吧。"

"走吧。"

他们仨走啊走,抬头一看,一个人从湖中取水喝,喝光了整个湖水,还一个劲喊着:"我还想喝!"

"你好,喝水的!"

"你好,寡妇儿子!你上哪去?"

"我去找卡尔果塔婆娘,给她小女儿说媒,嫁给波塔涅茨国王。"

"把我也带上吧。"

"好的,跟我们一块走吧。"

◆ 寡妇的儿子

他们没走多远,抬头一看,有人啃咬山杨树木段,还喊:"太想吃了!"

"你好,贪吃的人!"

"你好,寡妇儿子!你上哪去?"

"我去找卡尔果塔婆娘,给她小女儿说媒,嫁波塔涅茨国王。"

"把我也带上吧。"

"那就跟我们走吧。"

他们走着。临近森林了,碰见一个穿羊皮袄的人。皮袄长到脚面,站在道旁啪啪地打手闷子!他一啪,树叶就结盖一层霜。

"你好,严寒!"

"你好,寡妇儿子!你上哪去?"

"我去找卡尔果塔婆娘,给她小女儿说媒,嫁给波塔涅茨国王。"

"没有我,你同卡尔果塔婆娘谈不成。"

"那你也跟我们走吧。"

他们六个人一块走。走啊走,来到了卡尔果塔婆娘的院落前。抬头一看,在所有的粗木桩上都放着人头,只有一根木桩上没有,寡妇儿子说:"看,那个空桩上就会放我的脑袋!"伙伴们嘲笑道:"很可能,如果我们不和你在一起。"

他们开始找大门。哪也没有。这时水上漂绕着大院跑了三圈,找到了大门。他们进了院子。房前台阶上站着卡尔果塔婆

娘。她很纳闷,这帮过路人怎么就找到大门了呢?寡妇儿子走到她面前:

"你好,女主人!"

"你好,寡妇儿子!你为啥到我这来呀?"

"我来是为你小女儿说媒,嫁给波塔涅茨国王。"

"怎么,你要说媒?这可不能开玩笑。想给我女儿说媒,首先,你要把我酒窖里的啤酒全部喝光,我就把女儿送给波塔涅茨国王,你要是喝不光,我就拧掉你的脑袋。"

"我愿意喝光,我远道而来,很想解渴;而且我的朋友们也都口干舌燥了。"寡妇儿子说。

婆娘让家丁把寡妇儿子和他的伙伴们领进了地窖,家丁离开酒窖时,把门上了锁。寡妇儿子和伙伴们用大杯喝啤酒,"喝水的"用整个酒桶喝。他喝完一桶,就用拳头砸桶,把木桶砸成散落的板条,还满嗓子喊:"卡尔果塔,拿酒来!"

婆娘卡尔果塔打开酒窖,一看所有酒桶都碎了,啤酒全喝光了!她说:"我没啤酒了,可是有馅饼,如果你们吃光馅饼,你们就可以给我女儿保媒拉线。"媒人们高兴了:"老婆子,拿你的馅饼吧!我们一路上走饿了,太想吃了。"

婆娘让家丁打开另一个酒窖,里边全是馅饼,放媒人们进去。窖里的馅饼堆积如山,当别人按个吃的时候,"贪吃的人"把整个窖里的馅饼全吃光了,连墙壁也吃掉了,还大叫:"卡尔果塔婆娘,

▶ 寡妇的儿子

再拿馅饼吧!"婆娘见状大怒,她和女儿们烤了三年的馅饼,媒人们一个小时就全吃光了。她命令家丁烧热铁皮浴室,家丁把澡堂的铁壁都烧红了。婆娘对媒人们说:"你们就在我的浴室洗澡过夜吧,然后咱们就在那里说事。""好吧,老婆子,我们走了一路,满身的灰土,洗个澡真不错,"他们说。

婆娘亲自领媒人们去浴室。当寡妇儿子走到浴室门槛时,"严寒"一把抓住他的肩膀,把他拽到自己身后,他先进去了,戴上棉手套,搧了一下又一下,立刻凉气袭来。其他媒人跟随"严寒"进了浴室。婆娘关上门,上了锁……

这时"严寒"在浴室里迈着方步,用棉手套搧来搧去,问:"怎么样,不太冷吧?可以不盖被子睡觉吧?"伙伴们夸奖说:"冷热正好,既不热,也不凉,这样蛮好。"他们洗完就睡了。

第二天早晨,卡尔果塔婆娘派家丁去浴室:"把狗都叫来,把煮好的媒人们扔给狗吃!"家丁去了,打开浴室的门,六个好汉鱼贯而出,个个都很壮实,有如橡树。婆娘愣住了:真是拿媒人们没办法!她只好对寡妇儿子说:"如果你能认出我的小女儿,你就给她做媒,嫁给波塔涅茨国王,如果你认不出我就拧掉你的脑袋,放到还空位的木桩上。"

寡妇儿子犯愁了:"我怎么能认出她的小女儿呢?"这时"水上漂"对他耳语:"我认得,她们姐妹们在海里洗澡,我多次见过她。"寡妇儿子对婆娘说:"好,把你的女儿都带来吧。"婆娘很快就把十

东斯拉夫童话

二个女儿领来了,全都一样的面孔,一样的头发,一样的嗓音,一样的身高,全都像一个人!婆娘站在前面,女儿安排在身后。

寡妇儿子看着婆娘女儿绕了三圈,哪个是最小的他看不出,长的全都一样!这时"水上漂"用眼神提示,盯着小女儿。寡妇儿子一把抓住她,拉到卡尔果塔婆娘面前,说:"这就是你的小女儿!"婆娘恨得发抖,但又无可奈何,花招帮不了她!

寡妇儿子拉着婆娘女儿的手走出大门;但刚一出门,婆娘的女儿就跳到天上,坐在云朵上嘲笑。这时"小胡子"吹起右侧的胡子,缠住了婆娘女儿,把她从云朵上扯了下来。婆娘的女儿看出来,同这些媒人开玩笑,没有好果子吃,便平静下来,媒人们带上她回家了。

在路上,每到遇见寡妇儿子的地方,这个人就留下来不走了。"水上漂"干自己的事,"小胡子"、"喝水的"都留下来各干各的事……寡妇儿子同婆娘女儿去见国王。

与此同时,国王用寡妇儿子的马拖来树脂,填满深坑,从底下点起了火,树脂沸腾起来。又在上边放了一根细细的芦苇秆。

寡妇儿子来到跟前,说:"看吧,国王,这就是婆娘卡尔果塔的小女儿,做成媒可是玩命啊!现在你就把马还给我吧。"国王留着半侧胡须,指着芦苇秆奸笑说:"你只要在这上面走过去,我就给你马。"

寡妇儿子看了一眼细芦苇秆,心头害怕。而婆娘女儿碰了他

▶ 寡妇的儿子

一下:"别怕!"谁也没发现她是怎么塞到芦苇秆下面一根结实的钢条。他走过芦苇秆对波塔涅茨王说:"看吧! 国王,我已经为你做了两件大事了;那么,你就给我做一件小事吧——走过你铺的这个小桥。""是啊,过吧!"婆娘女儿紧跟着说:"你要不过,就别当我的丈夫。"

国王心想,既然寡妇儿子过去了,自己也没什么可怕的。在他刚上桥的一刹那,婆娘的女儿蹭地一拽,抽掉了芦苇下面的钢条……芦苇秆折断了,国王跌入沸腾的树脂中,人就留在那里了。

寡妇儿子说:"可倒好,不用再挖坑了,他自己掉进去了。"他娶了婆娘卡尔果塔的小女儿为妻,在王国住了下来。

寡妇儿子现在还住在那里,而且生活得很好。

瓦西里战胜恶蛇

不知道有没有发生过,也不清楚是真是假。反正听说了这么一个故事。

故事是这样的,有一条非常可怕的大蛇飞到一个地方,在山下的树林里给自己挖了一个洞,躺在那里休息。

谁也不知道它休息了多长时间,当它起身后立即大叫,让所有的人都听到:"喂,男女老少所有的人都听好!每天要给我送来一头牛、一只羊、一口猪!谁送谁活命,谁不送我就把他吞掉!"

人们都恐慌了,于是开始照办,给它送去。今天送,明天送,终于没有可送的了,人们成了穷光蛋。而蛇呢?一天没有奉献就活不成,于是蛇就飞到各村抓人,往自己的洞里拖。失魂落魄的人们哭喊着奔走求救,不知道怎样摆脱凶残的大蛇。

在这危急时刻,有一个人来到这个地方,他叫瓦西里。他看见人们在哭叫,他问:"这是怎么了?你们为什么哭叫?"人们给他

瓦西里战胜恶蛇

讲了遭受的灾难。"别怕,"瓦西里安慰大家:"让我来试试为你们解除凶残的攻击吧……"他拿了一根粗橡木棍,就到住着大蛇的树林去了。

大蛇看见他,瞪起绿眼珠问:"你为啥拿棍子到这里来?""打你!"瓦西里说。"就你?"蛇很惊异:"你现在赶快跑还来得及。不然的话,我吹口气,打个口哨,你就会站不住脚,飞到三俄里外。"瓦西里笑道:"你别吹牛,拿老一套吓唬人,我不是你见过的那些人!我们要比试一把,看谁吹得更响,来吧,吹吧!"

蛇吹了,吹得那样响,树上的叶子纷纷落下,瓦西里双膝着地,他又站起来,说:"哎,你真蠢!难道应该这么吹吗?你这是对公鸡开玩笑!还是让我试试吧。不过你要把眼睛蒙上,不然的话,你就没有好果子吃。"蛇用头巾蒙住眼睛,瓦西里走近前,用粗棍子敲击蛇头,打得大蛇两眼冒金星。

蛇说:"难道你比我吹得更响?咱们还要再比试一把,看谁能更快地击碎石块。"说完大蛇抓来一百普特重的巨石,双掌重重一击,灰尘像柱子一样冲向上方。瓦西里笑道:"这不足为奇,你能把石头挤出水来吗?"

蛇害怕了,看来瓦西里真的比自己强。它看了一眼瓦西里的粗棍子,说:"你想让我干什么,我就干什么。"瓦西里说:"我什么也不要,我家里的东西足够用,比你的多。""是吗?"蛇不信。"你不信,那咱们就去看。"他们坐上马车就去了。

这时蛇想吃东西,它看见林边山坡上的牛群,便对瓦西里说:"你去抓一头牛,咱们都吃点。"瓦西里去林中扒树皮,蛇等着瓦西里。干等也没回来,它自己去找瓦西里:"你这么半天在那忙活什么呢?"

"扒树皮。"

"扒树皮干什么?"

"我想用树皮搓一条绳子,拴住五头牛当饭吃。"

"咱们为啥要五头牛,一头就够了。"

大蛇揪住牛脖子,拖到马车跟前,对瓦西里说:"你劈些柴来,好煮牛肉。"瓦西里去树林里,在一棵橡树下坐下来,抽起旱烟。

蛇等瓦西里等得不耐烦了,就去找他:

"你在这忙活什么呢?"

"这不,我想拖来十颗橡树,正在挑选哪些树粗壮呢。"

"干吗要十棵橡树?有一棵就足够!蛇说完就挥手拔了一棵最粗的橡树。

蛇煮好牛肉,请瓦西里吃。

"你自己吃吧。"瓦西里回绝了,他说:

"我要在家架起支架煮肉,一头牛算什么,我一口就吞掉了。"

蛇吃光牛肉,舔舔嘴巴,他们就接着走了。快到瓦西里一家的住房时,孩子们老远就看见父亲回来了,高兴得大叫起来:

"爸爸回来了!爸爸回来了!"

瓦西里战胜恶蛇

可是蛇没听清喊什么,就问:"孩子们在喊什么?"

"他们很高兴我把你带回来当午饭吃,他们早都饿得不行了……"瓦西里答道。

恶蛇一听,吓得从马车上跳下来,拔腿就逃。但慌不择路,一头栽进沼泽,沼泽深不见底。恶蛇一直沉到潭底,呛水淹死了。

阿辽娜

从前有个老大爷和老大娘,他们有个女儿叫阿辽娜。但是邻居们谁也不称呼她的名字,大家都叫她荨麻女。

"看,荨麻女去放灰褐马了。"人们说。

"看,荨麻女牵着秃头狗采蘑菇去了。"

阿辽娜听到的只是:荨麻女,荨麻女……

有一次她从外边回到家就抱怨母亲:"怎么回事,妈妈,为什么谁都不叫我的名字?"

母亲叹了一口气,说:"闺女,因为我们老两口现在只有你一个孩子,你没有兄弟姐妹,你长得像院子栅栏下的荨麻。"

"那我的兄弟姐妹在哪呢?"

"你没有姐妹,"母亲说:"这是实情,可你有三个哥哥。"

"妈妈,他们现在在哪呀?"

"谁也不知道。当你在摇篮里的时候,他们就去同火蛇争

斗了,为的是为自己和众人争取幸福。从那时起,他们就没回来……"

"妈妈,那我去找他们,我不能让大家叫我荨麻女!"

尽管父亲和母亲怎么劝她,可是一点用也没有。这时妈妈说:"我不会放你一个人走这样的路,你还小,套上灰褐马再走吧!咱家这匹老马很聪明,它会领你找见哥哥的,不过你要记住,夜里不要停留,白天夜里都要走,一直到找见哥哥们为止。"

阿辽娜套上灰褐马,带上面包就上路了。出了村子就看见秃头老狗跟在马车后跑。阿辽娜想赶它回去,但转念一想就让它跟着吧,一路上会愉快些。

走啊走,她来到了十字路口,灰褐马停了下来,往后看,阿辽娜问它:

"嘶叫吧,嘶叫吧,老母马,

告诉我,告诉我,灰褐马,

我该赶你走哪条路啊?

我该到哪去找哥哥啊?"

这时灰褐马扬起头嘶叫,指向左边的路,阿辽娜就赶它走上左边的路。

她走过明净的田野,她过幽暗的松林。在暮色苍茫中来到了左侧的密林丛中。她看到在路旁的密林中有一家小农舍。阿辽娜刚到房舍前,就从里边跑出来一个瘦骨嶙峋驼背长鼻的老太

婆。她拦住阿辽娜说:"你要去哪过夜啊,傻姑娘？一群狼会把你吃掉的！留在我这里过夜吧,明天天一亮再走。"

秃头狗听了这话,就悄声叫起来:

"汪汪,汪汪！

母亲不让停下过夜！

汪汪,汪汪！

和你说话的不是老太婆,

是巫婆巴拉在施诡计……"

阿辽娜不听老狗的话,留在农舍过夜了。

老巫婆问阿辽娜到哪里去,阿辽娜把什么都对她讲了。老巫婆高兴得跳了起来她想:阿辽娜的哥哥们就是有,大概这些勇士们——她的亲人也不在世上了。现在她和他们一样,同时受迫害呢……

第二天早晨,巫婆起来了,打扮得像参加宴会似的,把阿辽娜的衣服藏起来,叫醒她:

"起来,咱们去找哥哥去！"阿辽娜起身一看——衣服没人……

"我怎么走啊?"阿辽娜说。

老巫婆给她拿来一些破旧衣服,她说:"这衣服你穿上会很好看。"

阿辽娜穿上衣服,套上灰褐马。老巫婆拿了一把小刀和一把

阿辽娜

大砍刀,坐上了马车,像个贵夫人,让阿辽娜坐在车夫的位置。她们赶车走了,秃头狗在车旁叫起来:

"汪汪,汪汪!

母亲不让停下过夜!

汪汪,汪汪!

老巫婆巴拉像贵夫人坐着,

阿辽娜,阿辽娜,

她在盯着你,

像盯着一条蛇……"

老巫婆听到这话,抓起大砍刀朝秃头狗扔去,狗尖叫一声,她砍掉了狗的一条腿。阿辽娜哭了:"可怜的老狗,你可怎么活啊?""住嘴!"老巫婆威吓她:"再喊,你也和狗一样!"

他们继续走路,可秃头狗并不落后,它用三条腿跑路。他们又到一个十字路口,灰褐马停了下来。阿辽娜问它:

"嘶叫吧,嘶叫吧,老母马,

告诉吧,告诉吧,灰褐马,

我该赶你走哪条路啊?

我该到哪去找哥哥啊?"

这时灰褐马扬起头嘶叫,指向右边的路。阿辽娜就赶它走上右边的路。他们在密林里走了一整夜,天亮时分,他们穿出密林,走上草地,朝前一看,立着一顶绸缎帐篷,旁边散放着三匹小走

马。灰褐马愉快地叫了起来,阿辽娜直奔帐篷,兴奋起来:"可能我哥哥就住在这里吧?"老巫婆吟笑道:"最好别说话。这里住的不是你哥哥,而是我哥哥!"

他们走近帐篷,从帐篷里走出来三个个头一般高的小伙子,面孔一样,头发一样,声音也一样。老巫婆从车上跳下,直奔年轻人:"小兄弟们,日子过得怎么样?我走遍了全世界,累坏了,一直在寻找你们……"

"这么说,你是我们的小妹妹?"壮士兄弟问。

"是,就是,我是你们的亲妹妹……"老巫婆说。

哥哥们扑向她,又亲又吻,用手把她抛向上方,高兴得没顾上说话。

"看见没,"他们很惊奇:"哎呀,我们打了多少年的仗了?这期间妹妹不仅长大了,而且都变老了……没什么,反正我们已经战胜了所有的敌人了,只剩下一个巫婆巴拉,一旦找到她,就烧死她!……"

"小妹,和你在一起的这个小姑娘是谁呀?"大哥问。

"这是我的丫鬟,她在我这赶车放马。"巫婆巴拉回答。

"好,那就让她放我们的马。"兄弟们说。

巫婆转过身,严厉地对阿辽娜喊道:"还坐那干什么?卸马去放吧!"

阿辽娜哭了,动手卸马。哥仨牵着巫婆巴拉的手,进入帐篷,

招待喝饮料。巫婆巴拉又吃又喝,心里盘算着怎么让他们三人睡觉,把他们抓住……

这时阿辽娜坐在草地上,在马身边,哭着唱起来:

"太阳啊太阳,

干燥的大地,

小颗的露球,

我妈在做什么?"

大地和太阳回答:

"她在织麻布,

她在织花边,

她在等待着——

女儿阿辽娜和她哥哥们……"

小哥走出帐篷听到了。他说:"小妹,这只小鸟在草地上一会悄声细语,这个小姑娘一会又溅声低唱,这么哀怨可怜,这么伤心失意。"巫婆巴拉说:"这是我的丫鬟,她很狡猾,会打坏主意,就是不喜欢干活。"

这时尽管巫婆不让,二哥还是出来听。他听到阿辽娜哭诉吟唱,接着又听到秃头狗的嘶叫:

"汪汪,汪汪!

巫婆巴拉坐在帐篷里,

恶狠地看着别人的哥哥,

吃着面包,

喝着葡萄酒,

喝着蜂蜜水,

亲骨肉妹妹

却正在流泪……"

二哥回来帐篷,对大哥说:"你出去听听。"大哥出去了,二哥盯着巫婆巴拉看。大哥听到阿辽娜的歌,也听到了秃头狗说巫婆巴拉的话,他一切都明了。他跑到阿辽娜面前,拉起她的手,领她进了帐篷。他对两个弟弟说:

"她才是咱们的真妹妹!而这个,是骗子——巫婆巴拉!"

兄弟三人点起篝火,把老巫婆放在上面烧死,把骨灰撒到明净的田野,灭掉了她的灵魂。然后他们收卷起帐篷,高高兴兴,满脸幸福,同阿辽娜一起回家见老爸老妈了。

"圆豆"

从前有个老爹和老婆子,他们生有两个儿子和一个女儿。儿子长大了,都很帅气,个高又匀称。小女儿巴拉莎更漂亮。

两个儿子耕地种庄稼,干农活赖以为生。

有一年,他们提前完活,庄稼收割了,地也翻了。父亲看了一眼不满的粮囤,对儿子说:"今年收成不好,儿子啊,去给别人打工吧!咱家的粮食不够吃。"儿子们一想:也是,干活挣点铜币,补贴家用也不错。家里粮不够吃,有了钱,春天可以买点粮补救,可是到哪去打工呢?附近周围都是穷人。父亲提议:"到密林后边,没准那里有人雇咱们。"

哥俩点头,于是把吃食装进袋子里,说:

"如果一个礼拜我们不回来,就让巴拉莎带上新面包给我们送去。"

"那我怎么知道往哪里给你们送呢?"巴拉莎问。

"我们随身带一大袋干草,沿路撒点干草——顺着这个记号你就会找到我们。"

"要是这样,我就不难找到你们了,"妹妹同意了。

哥俩收拾完以后,就走了。

他们走着,不时在身后撒点干草。

他们走过田野,进入难以穿行的密林。密林里住着长有铁舌头的斯莫克。他看见哥俩留在身后的记号,就拾干草,扔到另一条小路上。那条小路直通骨头宫殿……

过了一个礼拜,哥俩没回来,父亲高兴了:"看见没,他们在那里找到合适的活了。姑娘给他们送新鲜面包去。"

巴拉莎拿上面包和一些吃的,上路了。她边走边注视干草。忽然看见眼前有座宫殿——由人的骨架搭建,人头做顶盖,姑娘吓坏了:"我这是到哪了?"她想着。

"哈,你落到我手里了!"斯莫克冷笑:"我早就注意你了,就想把你弄到手。你这是自找上门。好吧,现在你就忘掉父母,跟我来吧,住在我的王宫里当宫女。你要不愿意,我就把你的头盖骨扔到房顶上去。"

巴拉莎流下痛苦的眼泪,有什么办法呢……害人的斯莫克是不会发慈悲的。

这时巴拉莎的两个哥哥真的在一个富人家找到了活干,干着活,吃着自己带的食物。干了一个礼拜,再一看,吃的没了,他们

"圆豆"

等妹妹来,等啊等,没等到。他们回到家就问:

"爸爸为啥没给我们送吃的?"

"怎么没送,"父亲奇怪了:"巴拉莎已经给你们带去吃的了……"

"没有,"哥俩说:"我们连人都没看见啊。"

老两口害怕了,忧心忡忡:"难道女儿丢了?"

"我去找她去。"大哥说。

"去吧,儿子,父亲和母亲同意。"

他收拾上路了。走在密林深处,他看见干草完全指的另一个方向,他顺着干草指引的这条小路,便来到了骨架宫殿。

巴拉莎从窗户里看见他,跑出去迎接。

"啊,亲爱的哥哥!"妹妹哭诉:"我现在成了不幸的、被痛苦折磨的奴隶了……"

她给哥哥讲了怎么落到阴毒的斯莫克手里已经一个礼拜了。"

"别哭,小妹,"大哥安慰她:"我会解救你的。"

"不行,大哥,你不知道你是和谁打交道。"

"那咱们就好好想想,怎么蒙骗你的主子,怎么从这里把你带回父亲母亲身边吧。"

"你先在这等一会,我去问主人他放你进宫不。进去以后咱们再想办法。"

她去见斯莫克。

"主人,要是我哥哥来这里看我,你会怎么办?"

"当客人接待。"斯莫克谄笑说。

巴拉莎相信了,把哥哥领进了宫。

斯莫克安排客人入座,对巴拉莎说:

"给我们拿一锅铁豆来。"

"来,客人,咱们一人一半。"斯莫克说着,从锅里掬出几捧铁豆。

客人拿了颗豆,放嘴里一嚼就吐了出来。

斯莫克一看撇嘴了。

"客人,看来你是不太饿吧?……"

"非常感谢,"客人说:"我确实不想吃……"

"那就一起看看我的财富吧。"

他们看了所有厅室和地窖,斯莫克的财富数不清:有金子,有银子,有珍贵的兽皮。

斯莫克领客人到了马厩,那里有十二只马驹,每只马驹都用一条链子钉在铁柱上。

"怎么样,客人,我俩谁更富有,是你还是我?"主人自夸道。

"我哪能跟你比呢,"客人说:"我连百分之一也没有。"

"现在我再给你看一样东西。"

斯莫克领他到了一根短粗木桩前;这木桩四俄丈厚,十二俄丈长。

"看见木桩了吧?"

"看见了。"客人答。

"你听好!你如果不用斧子能劈开木桩,不用火就能烧掉木桩;那么,你就活着回家去,不然的话,你就是死路一条!"

客人说:"我做不到,你干脆就地打死我吧。"

"你做不到,"斯莫克叫起来:"那你为什么到我这里来作客?难道你是想和我这个森林之王交朋友吗?"

斯莫克打死客人,剜出眼睛,把人拉到马厩,吊在横梁上。

过了一天又一天,大哥还没回来。这时二哥对双亲说:"我去找妹妹。"爹妈不忍心放他去走人迹罕至的路,这是他们剩下的最后一个儿子,他们劝阻他。小儿子说:"不,我要去。"

他收拾一下就走了。

事情很明显,他的遭遇和哥哥一样,巴拉莎看到后,大叫:"喂,主子!为什么从世上除掉我的哥哥们?只剩下我爹妈两个孤苦老人。既然这样,你把我也打死吧,把我和他们吊在一起吧……"

"不,"斯莫克冷笑:"我不想打死你。如果我抓住你爹妈,就立即打死,免得你再想他们。"

没有子女,老人们生活得很艰难。他们整日忧伤;老了谁来照看?死了谁来埋葬?

东斯拉夫童话
dong si la fu

有一天,老婆子去打水,抬头一看,路上滚动着一颗圆滑的青豌豆。她捡起青豌豆就吃了。可是很快他们就生了一个男孩。那真叫漂亮——丰满的额头一头淡褐色卷发,双亲给他起了个名字,叫圆豆。

男孩长得非常快,不是按天长,而是按钟点长。爹妈高兴得不得了;就是有一点不好,圆豆在玩耍时,一碰到别的孩子,别的孩子就像麦捆一样重重地倒下。左邻右舍每天都来找老两口告状,说圆豆欺负他家孩子。

圆豆就这样长大了。

有一天,他问母亲:"你们怎么就我一个孩子,为什么没有哥哥,也没有姐姐?"

母亲用手帕的一角擦眼睛,说:"儿子,你有两个哥哥,一个姐姐……"

"那他们在哪里呢?如果他们已经死了,我就无能为力了;如果他们被奴役了,我就去解救他们。"

母亲于是把知道的情况跟他说了。

第二天圆豆出去玩,在外边捡了一根钉子,拿回家说:"爸,拿这根钉子到铁匠那里跟他说,让他用这根钉子打造一把十二普特重的锥矛。"

父亲什么也没说,心想:"我生的这是什么孩子,和别人家的不一样,还没长大,就笑话父亲,哪里见过,用一根钉子打造出十

"圆豆"

二普特的锥矛?"

父亲把钉子扔在地上,空手去找铁匠给他定做一把十二普特的锥矛。

傍晚,取回锥矛。圆豆抓起锥矛,走进菜园,挥动锥矛,抛向天空,自己回到农舍,上床睡觉。

第二天早晨圆豆起来了,右耳贴地面倾听,大地在震响!"爸爸,"儿子喊着:"你快出来听听,像是锥矛从天上飞回来了。"

他做了个蹲式,锥矛落到膝上,碰成了两截。圆豆一看就说:"爸爸,你给我做的锥矛不是用我给你的铁钉做的,你让铁匠用别的钉子做的!"

父亲用手搔一下后脑勺,便又去铁匠那里,这回可是带上钉子了。

铁匠很惊奇!怎么能用一根钉子打造出十二普特的锥矛!但还是着手干活了。他把钉子扔进火里,钉子立刻增大了,像发酵一般,大,再大。铁匠用钉子打造出十二普特锥矛,还剩下一段铁……

父亲把锥矛拿回家,儿子看一眼。问?"铁匠什么时候做的锥矛?是不是又没用钉子?"

父亲说:"这回可不是,这回全是按你说的打造出来的。"

圆豆把锥矛扔上肩头,告别了双亲,去闯世界,寻找哥哥姐姐。也不知走了多长时间,总算到了斯莫克宫殿,在宫院中姐姐巴拉莎见到了他。

"你是谁?"姐姐问他:"来这里干什么? 你可知道,可怕的斯莫克就住在这里……"

圆豆给她讲了他是谁,到哪里去。

"不对,"巴拉莎说:"不是这样,我只有两个哥哥,都被斯莫克打死了,吊在马厩里的房梁上,你不是我弟弟。"

她不相信。

"那就让我在你们这里住一宿吧?"圆豆请求。

巴拉莎去见斯莫克。

"你怎么愁眉苦脸的?"斯莫克问她。

"这来了一个小伙子,他说是我弟弟。请求过路留宿。"

林妖斯莫克拿起奇书,翻开书页,看了一下,说:"是这样,你还会有一个弟弟……可不是这个人……这个人骗你,把他叫进来,我有话跟他说。"

圆豆进宫,走到斯莫克面前:

"日安,主人!"

"日安,害人!"

斯莫克往桌子上放了食物——铁豆。

"请坐,"他让圆豆坐铁椅子。

圆豆刚一坐下,铁椅子立马就塌坏了。

"喂,喂主人,"圆豆惊奇地说:"你这椅子这么不结实啊? 难

"圆豆"

道没有好手艺师傅,做出结实的吗?"

斯莫克害怕了,又拿了一把更结实的椅子。

圆豆坐在桌旁,斯莫克端上锅,说:

"吃吧。"

"好,我走了很远的路,确实饿了,"圆豆说。

于是他们开吃。斯莫克抓一把塞到嘴里,而圆豆抓两把,一边吃,一边唠唠叨叨,他们把一锅全吃光了。

"怎么样,吃饱了吧?"斯莫克问。

"没太饱,只是先吃点垫垫底解饿。"

斯莫克心想:吃,难不住小伙子!

"那就一块看看我的财富吧!"斯莫克说。

斯莫克给圆豆展示了自己的全部财富。

"谁的财富多,是你的还是我的?"斯莫克冷笑道。

"我不富有,但你也没什么可夸耀的,"圆豆说。

斯莫克激怒了。

"你敢嘲笑我!走,我给你看一样东西。"

他把圆豆带到一截短粗木桩跟前,他两个哥哥也被带到过这里。

"你如果不用斧子就能劈开它,不用火就能烧掉它,我就放你回家;不然的话,你就同你哥哥们一样,在一起吊着。"

"好吧,咱们走着瞧!"圆豆嘲笑道:"你别用乌鸦吓唬雄鹰!"

圆豆只用小指碰了一下木桩,木桩立刻散成碎片,然后吹出一口气,碎片便无影无踪。

斯莫克一看,来客非同小可。

"咱们去摔一跤吧,看谁有劲,"斯莫克说。

"何必急着摔跤,还是先比试一下手劲吧!我攥你的一只手,你攥我的一只手。"

"你这个毛头小子,怎么能跟我用手较力!"斯莫克激愤了。

"没事,来吧!"

斯莫克气恼了:"那就来吧!"

他互相抓住对方,圆豆的手刚一较劲,斯莫克的手就马上变软了。

"不行,我不同意这么比,咱们换一种方式吧!"斯莫克说。

只见他吹了一口气,变成了一股铜电流,而圆豆吹了一口气,变成了一股银电流,他们开始了比拼。斯莫克驱使圆豆陷入银电流,电到脚踝。圆豆用锥矛击打斯莫克,使斯莫克进入铜电流,电到膝盖。斯莫克再次吹气,把圆豆赶进银电流,电到膝盖。而圆豆用锥矛一碰,斯莫克就进入铜电流,电到胸膛。

斯莫克央求道:"停一下,客人,咱们休息一会吧。"

"我们不太累,我远道而来还没感到怎么样;而你整天像老爷一样躺着,怎么会累?"

斯莫克想了想,摇摇头说:"小伙子,看来你是要整死我。"

◆ "圆豆"

"我就是为这个来的。"

"留下我的命吧,"斯莫克喊叫起来:"你把我的财富全拿去,就是别打死我。"

"不行,妖怪,够了!你叫我毛头小子,瞧不起我,可现在却求饶,我不会宽恕你!"

圆豆从银电流中挣出,用锥矛狠劲打斯莫克,打了再打,把他赶进铜电流,电到双耳。斯莫克立刻就断了气。

圆豆休息一会,就去了斯莫克马厩,牵出一匹马驹到空场,扒下皮做成口袋,自己钻进口袋,坐在里边等着。这时一只大乌鸦带着小乌鸦飞来了,开始啄马皮,圆豆乘机一把抓住小乌鸦的一条腿。

老乌鸦一看,说起人话来了:"谁在里边?"

"我是圆豆。"

"还我孩子。"

"你给我弄点整形水和活命水来,我就还你孩子。"

"好吧,"乌鸦同意了:"我去弄来。"

乌鸦抓了两把背壶,飞向遥远的天边,遥远的国土。那里的一座山中流淌着整形泉水,另一座山中流淌着活命泉水。乌鸦各取一壶水,飞回来了。

"给你水,你可要还我孩子。"

圆豆瞬间就把小乌鸦劈成两半。

"哎呀!"老乌鸦大叫:"你干什么哪?"

圆豆说:"没事,我这是在做试验。"

他用整形水浇了一下小乌鸦,小乌鸦立即合二为一,他用活命水再一浇,小乌鸦复活了。

"这下你看清了吧,"圆豆高兴地说:"现在知道了这是什么水。"

他感谢了老乌鸦,转身去了马厩,用活命水救活了两个哥哥,用整形水复明了他们的眼睛。

"哎呀,我们睡了多么久啊!……"

"要不是我,你们会永远睡下去。"圆豆回答。

哥俩擦擦眼睛,盯着他看。

"你是谁?"他们问圆豆。

"我是你们的小弟弟。"

"不是,"二哥说:"我们没有弟弟,你撒谎。"

大哥说:"不管你是谁,既然把我们从灾难中解救出来,你就是我们的弟弟。"

哥俩拥抱起圆豆,感谢他;然后放火烧了林妖斯莫克的宫殿,带上妹妹,大家伙一起回家了。

回到家后,大摆宴席。我参加了宴会,喝了蜂蜜,喝了葡萄酒。酒顺胡须淌,没进到嘴里。故事到这就完了。

东斯拉夫童话

乌克兰

★ 小胖墩

★ 光腚伊万

★ 王子伊万和红颜少女小靓星

★ 恶人的故事

▶ 小 胖 墩

小 胖 墩

从前有个老爹和一个婆娘,住在乡下。他们没有儿女,老爹为此发愁,婆娘也心中痛楚:"没有孩子,以后谁来给我们养老送终啊?"于是婆娘央求老头子:"你出趟门吧,到远方的森林,给我砍一棵小树。然后我们做一个摇篮,往里头放一段木头,悠晃摇篮,把它当个开心果,让我开心解闷。"

老爹依言去了,在森林里砍了一棵小树。带回家后,做了个摇篮。婆娘往里放了一段木头,一边摇晃,一边唱起歌来:

"摇啊摇,悠啊悠,

我给我的小胖墩

熬了一锅粥,

管你吃个够。"

她又摇又唱,到了晚上就上床睡觉。第二天早晨,老两口起来一看——小木段变成了小男孩。他们喜出望外:你是我的上帝

东斯拉夫 童话
dong si la fu

呀!他们管男孩叫小胖墩。男孩一天天长大,长的那个漂亮,你想都想不到,只有在童话里才会讲到。

男孩长大了,有一天他说:"爹呀,你给我一条金船,一根银桨,我要去打鱼,养活你们!"于是老爹做了金船和银桨。然后把小船放到小河里,儿子就划桨开船。

看吧,他在小河上划船捕鱼,供养老爹老娘。打到什么就送回家,然后再去打。他就这样在河上生活,母亲每天给他送吃的。有一次她对儿子说:"我在河边喊你,你就划船过来;要是别人喊你,你就离他远点。儿子,你可要看清,别认错人!"

就这样,母亲做了早饭,带到河边,喊道:

"我的胖墩小胖墩,

 长着胳膊长着腿,

 妈妈熬了一锅粥,

 管保让你喝个够。"

小胖墩听见了:"这是妈妈给我送早饭来了!"他划船过来了,停在河岸边。吃饱了,喝足了,划银桨开动金船,离开岸边,到远处捕鱼去了。

这时有一条蛇听到了母亲喊小胖墩的话。于是它也来到岸边,粗声喊叫起来:

"我的胖墩小胖墩,

 长着胳膊长着腿,

妈妈熬了一锅粥,

管保让你喝个够。"

他听到了。"不对,这不是妈妈的声音。"

"小船啊,不理它,

继续走啊继续走!

小船啊,别停下

往前走啊往前走!"

小船越走越远。蛇等啊等不来,灰溜溜地离开岸边滚蛋了。

看吧,母亲煮了午饭,带到河边,喊道:

"我的胖墩小胖墩,

长着胳膊长着腿,

妈妈熬了一锅粥,

管保让你喝个够。"

他听见了:"这是妈妈给我送午饭来了!"他划船到岸边。吃饱了,喝足了,把打到的鱼交给母亲。然后划船离开岸边,捕鱼去了。

蛇再一次来到岸边,又一次粗声喊叫起来:

"我的胖墩小胖墩,

长着胳膊长着腿,

妈妈熬了一锅粥,

管保让你喝个够。"

他听到了,这不是母亲的声音,于是划动银桨:

"小船啊,不理它,

继续走啊继续走!

小船啊,别停下,

往前走啊往前走!"

小船朝前行进。

就这样,每当母亲送饭来喊他的时候,他就划船过来停在岸边。而每当蛇喊叫他的时候,他就划船继续前行。

蛇一看,这样干喊不行,就去找铁匠:"铁匠啊铁匠,给我打造一个像小胖墩母亲那样的嗓子吧!"铁匠给打造出来了。蛇安上假嗓,走到河边,大叫起来:

"我的胖墩小胖墩,

长着胳膊长着腿,

妈妈熬了一锅粥,

管保让你喝个够。"

他听见了,这是母亲的声音:"这是妈妈给我送吃的来了!"于是他划船到岸边。而蛇一下把他从船上抓下来,带回了自己的家。

"阿辽卡,阿辽卡,快开门!"

阿辽卡打开门,蛇进了农舍。

"阿辽卡,点着炉火,烧热石炉壁。"

阿辽卡点燃了炉火,烧热了石炉壁。

"阿辽卡,我先出去串个门,你给我烧烤小胖墩。"蛇吩咐完就出去了。

阿辽卡对男孩说:"小胖墩,你坐到铲子上!我试试你沉不沉。"

男孩说:"我不知道该怎么坐。"

"你就坐下吧!"阿辽卡说。

男孩把头贴到铲子上。

"不对,全身坐上!"

男孩放上一条胳膊,问:"是这样吗?"

"不对,不是这样!"

男孩又放上另一条胳膊,问:"这样对吗?"

"不对不对!是全身坐上!"

"怎么坐呀,全身能坐吗?男孩又放上条腿。

"哎呀,不对,"阿辽卡说:"不是这样!"

"那么,你做个样子吧,"小胖墩说:"要不我不知道该怎么坐。"

阿辽卡刚一坐上,男孩一把抓起铲子,就把她投进火炉,关上炉门。然后关上房门,爬上院子里的槭树,坐在树上。

不一会,蛇飞回来了。

"阿辽卡,开门哪,阿辽卡!"

阿辽卡没回答。

"阿辽卡,开门哪,阿辽卡!"

阿辽卡没听见。

"这个坏丫头,准是和小伙伴玩乐去了。"

蛇自己开了房门进屋。蛇打开炉门,从炉子里拽出烧烤就吃。它以为这是小胖墩,它吃得饱饱的,然后走到院子里,在草上游逛,还得意地自言自语:"吃饱了小胖墩的肉,我逍遥,我打滚!"

坐在槭树上的小胖墩学着说:"吃饱了小胖墩的肉,你逍遥,你打滚!"

蛇听着,又重复起:"吃饱了小胖墩的肉,我逍遥,我打滚!"

男孩又重复着:"吃饱了小胖墩的肉,你逍遥,你打滚!"

蛇抬头一看,看见小胖墩。便冲向槭树,又啃又咬,咬碎了牙,也咬不断树。它便跑到铁匠那里去了。它对铁匠说道:"给我打造这样的牙齿,又能咬断槭树,又能吃掉小胖墩!"

铁匠造出了牙。蛇装上假牙,又啃咬起来。眼看要咬断树了,忽然飞来一群天鹅。小胖墩央求它们:

"小天鹅呀小天鹅,

用翅膀把我带上吧!

请把我带到老爹那,

在那里管吃又管喝,

上路再飞肚子不饿。"

天鹅们回答:"让中间那群带你走吧!"

而蛇又啃又咬。小胖墩坐在树上哭泣。忽然又飞来一群天鹅,小胖墩央求它们:

"小天鹅呀小天鹅,

用翅膀把我带上吧!

请把我带到老爹那,

在那里管吃又管喝,

上路再飞肚子不饿。"

它们对他说:"让后边那群带你走吧!"

小胖墩又哭泣起来,槭树已经摇摇晃晃。蛇也啃累了,去喝足了水,又啃咬起来。忽然又飞来一群天鹅。小胖墩喜出望外,央求它们:

"小天鹅呀小天鹅,

用翅膀把我带上吧!

请把我带到老爹那,

在那里管吃又管喝,

上路再飞肚子不饿。"

"让落在最后那只带你走吧!"它们说完就飞走了。

小胖墩想:"这下我可要玩完了,"他哭得那样惨,泪水洒遍全身。眼看蛇就要啃倒槭树了。突然飞来一只孤零的小天鹅,它落在后边,吃力地飞着。小胖墩对它说:

东斯拉夫童话
dong si la fu

"小天鹅呀小天鹅,

用翅膀把我带上吧!

请把我带到老爹那,

在那里管吃又管喝,

上路再飞肚子不饿。"

小天鹅说:"上来吧。"

小胖墩坐在翅膀上,小天鹅带着小胖墩飞到老爹那里。把他放到住房墙边的土台子上,就飞走了。

这时老婆娘烤了几张面饼,从烤炉里取出两张,说:"这张是你的,这张是我的!"

"那我的呢?"小胖墩听到后在院子里说。

老婆娘又取出来两张,说:"老头子,这张是你的,这张是我的!"

"那我的呢?"小胖墩又说。

老两口惊奇了。

"老头子,你听见没,好像有人在喊:'那我的呢?'"

"没有,我没听见,"老头子说。

"不,老头子,我好像听见了。"

于是她又拿出两张饼,说:"这张是你的,这张是我的!"

小胖墩坐在土台子上问:"那我的呢?"

老头朝窗外一看——是小胖墩!老两口从屋里跑出来,一把

◆ 小 胖 墩

抓住小胖墩,抱进屋里。那个高兴劲儿呀!母亲给他吃个够,喝个够。还给他洗了头,换上了干净的衬衫。

他们就这样幸福地生活着,嚼着面包,用扁担挑水,互相关照,和和睦睦。我去过他们家,喝了蜂蜜和葡萄酒,可是没喝进嘴里,都顺着下巴的胡须流掉了。

东斯拉夫童话
dong si la fu

光腚伊万

在遥远遥远的一个王国,有个国王和王后,也或许是一个大公和夫人,他们有两个儿子。有一天大公对儿子说:"我们一起去大海,听听海上的人怎么唱歌。"

于是他们去了。他们经过橡树林,大公想了解两个儿子的情况:谁将孤苦地生活,谁就掌管他的公国。他们在橡树林里走着,抬头一看——三棵橡树并排而立。大公看了一眼,就问大儿子:

"我亲爱的儿子,你看用这几棵橡树能做什么用?"

"爸,那还用说,用橡树能造粮仓呗!如果劈开的话,就是好板材了。"

"啊!儿子,你会成为一个出色的主人,"他说。

然后他又问小儿子:

"那么,小儿子,你会用这些做什么呢?"

小儿子说:

◆ 光腚伊万

"我的好爸爸,按我的想法,如果我有足够的力量,我就砍断第三棵树,把它架在另两棵树上,把所有的王公大臣都吊在树上。"

大公捋一把头发,沉默不语。

他们来到了海边,定睛一看:鱼在游动。国王一把抓住小儿子就往海里推。

"你下去吧,"大公说:"你这个坏蛋!"

父亲刚把儿子推进大海,一条鲸鱼就把他一口吞进肚里。他在鲸鱼肚子里行走,这条鲸鱼肚子里能容得下套着牛马的大车,他在鲸鱼肚子里边走边张望大车上装着什么。车上还有吃的,他一下子找到了烟斗、烟丝和火镰。他拿起烟斗,装上烟丝,用火镰打着火,抽起烟来。一袋烟抽完,又装第二袋烟,又抽完了。再装第三袋,又抽完了。这样一来,鲸鱼被熏迷糊了,游到岸边,昏睡过去了。

岸上,有猎人在游走,其中一个人看见了鲸鱼,就说:"哎,弟兄们,我们在森林里走了多长时间啊,可什么也没找到。这回你们看,岸边躺着多大的一条鱼呀!咱们开弓射箭吧。"于是猎人们射起箭来,射呀射。然后又找来几把斧子砍,砍又砍。忽然他们听到有人在鱼肚子里大叫:"喂,弟兄们,你们砍鱼,可别砍出基督的血呀!"

猎人们闻声,吓得一溜烟跑掉了。这时他从猎人砍破的鱼身

空洞中爬出来。坐在岸上,赤身露体,衣服已经破烂,没法穿了,他可能是在鱼体内过了一年了。现在他想:"怎么在世上生活?"

而哥哥现在已经成为伟大的大公了。父亲去世了,留下他执政全国。按照惯例,人们聚集在他周围议事。大法宫和枢密官认定,要为年轻的大公娶妻。于是大公去物色未婚妻,还有操办婚礼的人同行。他来到大海边,不远处赤身露体坐着一个人。他对一个侍从说:"去问问,他是什么人?"侍从去了。

"你好!"

"你好。"

"你是谁?"侍从问。

"我是光腚伊万,你们是谁?"

"我们来自某个国家,我们来为大公寻找未婚妻。"

"你回去跟大公说,如果他是来求婚的,没有我说不成的亲。"

那人回去见大公,如此这般说了。大公立刻令侍从打开箱子,拿出衬衫、靴子和一切穿戴。光腚伊万跳进海水中,冲洗一番,穿戴完毕。侍从领他面见大公。他对大公说:"既然你把我招来了,那就一切要听我的,如果你听从我,咱们就去罗斯(公元九世纪东斯拉夫人建立的大公国,都城基辅,现为乌克兰首都——译者),要不听从我,一切都玩完。"大公说:"好的,"便下令大家都服从他。

他们朝前走去。忽然迎头撞见老鼠军团。大公想,如何通过

光腚伊万

老鼠军团,光腚伊万说:"不能,你们停一下,给老鼠让路,别碰一个老鼠,连一根毛也别刮着。"于是大家让到一旁,转过身去。最后一只老鼠过后,回头说:"喂,光腚伊万,谢谢你,你挽救我的军团免于覆灭,以后我也会同样对待你的团伙的。"

他们继续前行。突然迎头碰见蚊子军团。简直一眼望不到边。眼看军团将领飞临面前,说道:"喂,光腚伊万,让我的军团喝足鲜血吧!如果你答应,我们会在你危难时搭救你;否则,你就到不了罗斯。"光腚伊万立马脱掉衬衫,命令捆住自己,以免弄死蚊子。群蚊吸足血后,飞走了。

他们在海岸上走。忽然看见有一个人在海里抓捕了两条狗鱼。光腚伊万对大公说:"我们从这个人手里买下这两条鱼,然后把它们放回大海。"

"为什么这样?"

"别问为什么,我们要买下来。"

他们买下两条狗鱼,放回大海。这两条狗鱼回头说:"谢谢你,光腚伊万,给了我们一条活路。我们会在你危难时搭救你。"

但是事情的完成却没有那么快,像童话里讲的那样。他们接着走下去,走了一个礼拜,也许多点。他们来到了另一个国土,远在天边的另一个公国。统治公国的是一条蛇。周围全是高大建筑,庭院由铁桩圈围。在铁桩上扎着各种军士的人头,在十二根铁桩的大门上没有人头。他们走近大门,忧愁罩上大公的心头。

大公说:"光腚伊万,莫非我们的头也要立在这些铁桩上吗?"他答:"咱们走着瞧吧!"

他们来到了大门前。蛇王出来迎接他们,显得很和善,像对待客人一般。他命令款待求婚一行人吃饱喝足,领大公进了宅第。他们大吃二喝,尽情嬉戏,说着趣事。蛇王有十二个女儿,长得一模一样。蛇王领来她们面见大公,给大公介绍哪个是老大,哪个是老二,直到最小的。最小的女儿被大公看中了。他们一起出去散步谈心,到了晚上分别了。

蛇王问大公:"我哪个女儿最漂亮?"

大公说:"最小的最漂亮,我要娶她。"

蛇王说:"行!不过在你没有完成我对你下的所有指令以前,我还不能交出女儿,一旦你全部完成,我就把女儿交给你。如果你做不到,我就要你的脑袋,你的迎亲团伙也一起玩完。"于是它指令大公:"在我的打谷场上堆有三百垛各种庄稼,到明天早上,你要把全部庄稼去壳脱粒,还要把秸秆归拢一块,谷壳放在一堆,谷粒放在一起。"

大公回到同伴那里就哭起来。光腚伊万见他哭就问:"大公,你哭什么呢?"

"我怎么能不哭?蛇王估计到我完不成指令,事情是如此这般。"

"我的大公,别哭。"他说:"你就放心睡觉吧!明天一早,一切都会达到要求。"

说完光腚伊万来到庭院,打口哨招呼老鼠。老鼠全来了,问:"光腚伊万,你叫我们来干什么?"光腚伊万说:"我怎么能不叫你们呢?蛇王指令我到明天早上要把打谷场上的所有庄稼垛都去壳脱粒,还要把秸杆归拢一块,谷壳放在一堆,谷粒放在一堆。"

群鼠立即吱吱叫着冲向庄稼垛,老鼠多的没有站脚的地方。它们开始干活了。天还没亮,朝霞还没升起,活全干完了。它们去叫醒了光腚伊万。他跑去一看,一堆堆还在原地堆着,可是谷壳单独一堆,谷粒单独一堆。光腚伊万求它们再检查一遍,麦秆上是不是还有漏掉的谷粒。它们又去看了一遍,每根麦秆上没有一颗麦秆粒。然后回来说:"一颗没漏。别怕,谁也找不到一颗漏掉的谷粒。光腚伊万,我们给你效劳完毕,再见!"

光腚伊万守在打谷场上,以防有人使坏。天大亮了,这时大公来找他。找到以后,很是惊诧!按蛇王的要求,全部完成做到。他很感谢光腚伊万。然后就去见蛇王。

他们同蛇王一起去打谷场。蛇王定睛观看,非常惊奇。于是唤来众女儿查看,麦穗上的谷粒是否还有没脱壳的。众女儿查找来查找去,一颗没有。蛇王说:"很好,傍晚以前,咱们吃喝游乐,晚上我再给你指派明天的工作。"

到了晚上,蛇王指派任务了:"今天上午,我小女儿在海里洗澡,戒指掉到水里了,找了半天没找着;如果明天午饭以前你找回

戒指,你就能保住命;如果找不回来,你们就全都完蛋。"

大公回到自己人那里,哭哭啼啼。光腚伊万看见后问:"大公,你哭什么?"

"是这么回事,"大公说明情况:"大难临头了!"

光腚伊万说:"蛇王在撒谎,是它拿了小女儿的戒指,飞到海上,把戒指扔到海里,然后回来睡觉。明天我去那里,或许能找到。"

第二天上午,光腚伊万去了大海。他刚一打起好汉的口哨,整个海面就翻腾起来。他曾经搭救放生的两条狗鱼游到岸边,问他:"光腚伊万,你叫我们来干什么?"

"我怎么能不叫你们呢?蛇王昨天上午飞到海上,把一枚戒指扔到海里。你们快帮我找吧!找到戒指,我就能活下来,找不到我就没命了。"

狗鱼游走了。它们在海里游啊找啊——没有!它们游到母亲身旁,一五一十说明情况。母亲对它们说:"戒指在我手里,我舍不得交出去,可是我更舍不得你们。"于是母亲交出戒指。

狗鱼游到光腚伊万跟前,说:"我们费了好大的劲,找到了戒指,算是报答你救命之恩。我们给你效劳完毕。"光腚伊万谢过狗鱼,走了。他回来一看,大公还在哭。蛇王已经两次派人找他,戒指还没有。他一看见光腚伊万,一下跳起来:

"怎么样,找到戒指了吗?"

"找到了,"他说:"看,蛇王来了。"

"那就让它来好了。"

蛇王跨进门槛,大公迎上来,俩人脸对脸。蛇王怒气冲冲地问:找到戒指了吗?"

"看吧,这就是!不过我不交给你,我要亲手交给你从谁那里拿走的那个人。"

蛇王讪笑说:"行,那咱们一块去吃午饭,我有客人在,我们等你半天了。"

他们走了。大公一进屋,看见十一条蛇在那里坐着。他同它们打了招呼问好。然后走到众女儿跟前,拿出戒指,问:"这是谁的戒指?"

小女儿面红耳赤,回答:"我的。"

"要是你的,你就拿去。为了找它,我逛遍了大海。"

大家都笑了,小女儿谢了他。大家都入座。席间,当着客人的面,蛇王说:"哎,大公,吃完饭回去休息一下,然后你再来,我有一张一百普特的弓,你只要当着众位客人的面,拉开弓把箭射出去,我就把女儿嫁给你。"

吃完饭大家都去休息,而大公直接去找光腚伊万,对他说:"我现在死定了。"如此这般说了一遍。光腚伊万说:"你真蠢!当人们抬来弓时,你看一眼就说,对付这样的弓,人们都说用不着我伸手,我的侍从人人都拉得开。这时,你就叫我。我要是拉弓射箭,那谁也不在话下。"

大公听光腚伊万说完,就去了。他同众女儿在宫里玩了一通。没过多久,蛇同客人们出来了。人们抬着五十普特重的弓还带一支箭,大公一看就怕了。仆人把弓抬到庭院,大家也跟着出来。大公绕着弓走了一圈说:"对付这张弓,用不着我出手。我随便叫我的一个侍从,他们每个人都能拉开这张弓……"

众蛇对视一眼,说:"好吧,那就试试看!"

大公高叫:"光腚伊万,你过来!"

光腚伊万过来了,大公说:"拿起这张弓,拉弓射箭。"

光腚伊万抓起弓,搭上箭。他刚一拉弓,弓就拉断了一截,足有二十普特重。这时大公说:"你们都看见了吧?如果让我来拉弓,这不是羞臊我吗?"

光腚伊万把一截断弓塞进皮靴里,回到伙伴人中间。大公和蛇王仆人们进了宫殿,众蛇留在庭院内商讨对策,给他什么活干。商量完也进宫了。蛇王刚一进宫,就对小女儿耳语了几句。她出来了,他跟在后面。他们在外面商量了半天。然后大家都出来了,蛇王说:"今天时间已晚,明天上午再执行。我有一匹马,在十二层大门外。如果你能骑上它,我就把女儿嫁给你。"

他们悠闲散步到晚上,便分手回去睡觉。大公来找光腚伊万,对他讲了情况。光腚伊万听完后对大公说:"你知道我为什么拿那截断弓?我当时就猜到以后会怎样。一旦他们牵来马给你,

◆ 光腚伊万

你就看一眼说:"我不想骑这样的马,这不是羞臊我吗? 和昨天那张弓一样。就让我的侍从骑吧。他们牵来的不是马,而是小女儿,你别骑它,我会调教它的。"

第二天早晨起来以后,大公去了宫里。同大家打招呼问好,一看是十一个女儿,第十二个不在。蛇站起身来说:"我们到庭院去,马过一会就牵来。我们等着瞧吧!"

大家都到庭院观看,两条蛇盘绕在马头上,把马引过来了。很难控制住马,好歹走到台阶前。大公绕马看一圈,然后说:"这叫什么事? 你说牵来骏马,可却牵来母马! 我不想骑母马,像昨天那弓那样羞臊自己。我要叫我的侍从,让他来骑。"

蛇王说:"好吧,就让他骑!"

大公叫来光腚伊万,命令他:"你骑上这匹母马,撒欢吧!"

光腚伊万刚一跨上母马,众蛇仆人就松开缰绳。母马刚一驮上光腚伊万,就冲向云天;然后又俯冲而下,四蹄呱地,大地便疼得哼呀起来。这时光腚伊万从皮靴筒中抽出二十普特重的断弓狠狠抽打母马。母马尥起蹶子,乱蹦乱跳,光腚伊万还是狠狠抽打马耳朵。母马继续折腾光腚伊万,但无济于事。见此情景,母马告饶了:"别打我了,光腚伊万,你想怎样就直说吧,我一定照办。"

光腚伊万说:"我什么也不要,就是我骑着你到大公面前时,你要卧倒,伸开四肢。"

东斯拉夫童话
dong si la fu

母马想了好久,说:"好吧!真拿你没办法。"

于是母马驮着光腚伊万到了大公面前,伸开四肢躺下了。大公说:"看,多狼狈!你还想让我骑这样的马呢。"

蛇王在大公面前很难堪,又无可奈何。他们一起在花园散步,然后去吃午饭。小女儿遇见他们,连声问好。大公盯着她看,她本来就很漂亮,现在显得更美了。入座以后,蛇王说:"吃完饭,我就把女儿们带到庭院来。如果你能猜出哪个是我的小女儿,那么我们就办婚礼,给你完婚。"

饭后,蛇王领女儿们穿衣打扮,大公去找光腚伊万出谋划策,看他该怎么办。

"如此这般……"光腚伊万面授机宜。

忽听嗡嗡,嗡嗡……一只蚊子飞来了。光腚伊万对蚊子说明事情的原委,蚊子说:"你为我们排忧解难,我们也该为你效劳。当蛇王把女儿们领到庭院以后,让大公绕她们端详看一圈,我会起来;大公绕着走第二圈,我还照样飞;当大公第三次绕行的时候,我就落在小女儿的鼻子上。她必然忍不住我蜇痒,她就会用右手轰赶我。"

蚊子说完就飞进宫殿。蛇王正为大公做安排。大公来了一看——十二个女儿站在那里,他们的面容、辫子和穿戴全都一样。大公看了又看,怎么也认不出哪个是小女儿,完全和此前的村姑模样不同……于是他绕着她们走了一圈——没看见蚊子。他又

光腚伊万

绕了一圈,再看——蚊子正在一个姑娘的头上飞。他目光紧盯,不离蚊子,他刚一开始绕第三圈,蚊子就落到一个姑娘的鼻子上,蜇起来。这个姑娘用右手赶蚊子了!大公立刻走到她面前说:"噢,这个就是我的!"于是拉着她走向蛇王。蛇王无可奈何,说:"你既然认出了未婚妻,那现在我们就开始操办婚礼。"

到了晚上,在教堂为他们举行婚礼。大家欢庆一番,放了鞭炮,好热闹。婚礼办得很是隆重。看吧,新人即将入洞房了,这时光腚伊万把大公拉到一旁,对他说:"唉,大公,你可要小心,明天我们可要回家呀,这里没有好果子等着我们吃。还有,我求你七年之内不要相信媳妇,即使她对你百般温柔、千般爱抚,你也不要对她讲真话;一旦说出实情,你就栽了,连我也一块跟着倒霉。"

"好的,"大公说:"我不会相信妻子的。"

第二天早晨,一对新人穿戴完毕,去见蛇王。请求父王放行他们回家,蛇王说:"怎么能这么快就走呢?"

"您看着办吧,反正我现在就要回家。"

于是吃过午饭,大公带上年轻妻子坐上车,出发上路了。终于回到自己的公国。回来以后,大公迫不及待地对光腚伊万千恩万谢,同时任命他为自己的首席参议官。不论光腚伊万提议什么整个公国全都照办,大公轻闲舒适,什么都不用操心。

就这样,年轻的大公同妻子过了一年又一年。第三年,他们得了一个儿子,年轻的大公很是欢欣。有一天,他抱着儿子说:

东斯拉夫童话

"这世上还有比我孩子更美好的东西吗?"大公夫人看到大公如此动情,就上前吻他,回忆起他是怎么娶的她,他完成了父王的一切指令。大公说:"如果没有光腚伊万,我是完成不了父王的七次指令的,这一切都是他完成的,而不是我。"听了这话,大公夫人非常愤怒,但她不动声色,立即走出家门。

话说光腚伊万悠闲在家,无忧无虑。忽然,大公夫人飞身降临。她闯进屋里,从地板下面一把抓出绣着金杯的毛巾。用这只毛巾把光腚伊万抽打成两截,腿留在这里,躯干和头冲破房顶飞落到七俄丈开外。光腚伊万趴在地上说:"好你个小子!我怎么也没想到,你竟然说出了实情!我可是告诫过你,七年之内不要相信妻子的呀!这倒好,我倒霉了,你也难免啊!"

光腚伊万抬头一看,自己坐在森林里;忽然他看见一个没有胳膊的人在追赶一只兔子。眼看就追上了!这人直接朝着光腚伊万追。兔子跑到跟前,光腚伊万一把抓住。俩人争执起来。这个说:"兔子是我的,"那个说:"不对,是我的。"争啊吵啊!谁也说服不了谁。这时没胳膊的人说:"别争了,咱们比赛拔橡树吧!看谁拔出来扔得远,兔子就归谁。"没腿的人说:"好,就这么办!"

于是没胳膊的人把没腿的蹬到橡树前,没腿的拔出橡树交给没胳膊的。没胳膊的倒在地上用腿扔,橡树落在三俄丈外。没腿的一扔,橡树落在七俄丈外。这时没胳膊的人说:"兔子你拿着,你给我当哥哥吧。"这样,他们就成了结拜兄弟。

光腚伊万

他们做了一架小车,拴上了绳子。如果要到什么地方去,没胳膊的就套上绳子,拉着没腿的。有一天,他们进城了,城里住着一位大公。他们来到教堂,没胳膊的把小车上没腿的放在一群乞丐那里。他们都站在那等待施舍;忽然人们说,大公夫人来了。她走到他们身旁,吩咐女官:"给这些残疾人施舍打发吧。"

女官正要散发施舍,没腿的人说话了:"夫人,要是您亲手发就更好了。"

于是夫人从女官手中拿过钱,递给没腿的人。他便问夫人:"如果可以,请您告诉我,为什么面色这么黄?"

她说:"上帝给的呗!"说完叹了一口气。

他说:"不对,我知道是什么原因使脸发黄,我也能像上帝那么做。"

说话间,突然大公驾到。听到这句话,便直接把没腿的和没胳膊的带进宫去。

大公命令道:"既然你知道,那就做吧。"

没腿的人说:"没问题。既然夫人承认了,那就请夫人说出实情,脸为什么变黄了吧。"

夫人交代:"事情是这样:父亲来找女儿——蛇父飞到我这里吸吮我的血。"

兄弟俩就问:"蛇平时什么时候来?"

"天亮以前,人们都在睡梦中,它就从烟筒钻进来找我。这时

要是有人进来,它自然来不及飞走,就躲藏在枕头下面。"

"停,"没腿的人说:"我们藏在过道,它来的时候,夫人您给我们咳嗽一声。"

说完他们就藏在过道。就在守夜人停止敲梆子的时刻,忽然间有什么东西像火星一样在屋檐下闪光。大公夫人"咳"了一声。他们立即走近她,而蛇赶忙钻到枕头下面。大公夫人立即从床上跳起来,没胳膊的人躺在地上,用脚把没腿的人抛到枕头上。没腿的人用手抓住蛇,俩人一起要闷死它。蛇告饶说:

"放了我吧!我再也不敢来了,我对天发誓。"

没腿的人说:"这还远不够,你还要带上我俩到整形水泉那里去,我要有腿,兄弟要有胳膊。"

蛇说:"抓住我,我带你们去,可别怕遭罪呀。"

于是没胳膊的用腿盘住蛇,没腿的用手抱住蛇,蛇便腾空飞去。飞到一眼泉井时,蛇说:"这就是整形水!"没胳膊的一听,急着就要跳下去。没腿的当即喝止:"别跳兄弟,等一下!盘住蛇,我往泉井里插一根棍,然后我们就能看出,这是不是整形水。"

他插进水里一截木块,木块沉入水中,立刻燃烧起来。这蛇是在搞鬼!他们揪住蛇就打,打了又打!蛇央求他们别打了,说离这不远的地方有整形水!蛇又把他们带到了另一眼泉井。没腿的往水里插进一根干木棍,干木棍立刻溶化开,并且开花了。这时没胳膊的立即跳入水中,待到从水中跳出时,已经变成不缺

▶ 光腚伊万

胳膊的完人了。没腿的也接着跳进去,过一会跳出来时,也成了完整无缺的人。他们把蛇放了,警告它再不许到大公夫人那里。最后,他们互相感谢,一起友好地度过了一段难忘的生活。然后互相告别,各自去了。

光腚伊万又到兄弟大公那里,去了解大公夫人对他做了什么。当他走近公国时,看见一个猪倌在放猪。猪在路旁散放,猪倌坐在土丘上。他决定去问问猪倌他们公国里的情况。他走到猪倌跟前定睛一看是自己的哥哥。那人看他,也认出是光腚伊万。

他们互相凝视,俩人都在沉默,说不出话。光腚伊万终于回过神来,说:

"大公,你怎么放起猪来了?……你还需要干这个吗?我不是告诉过你七年之内不要相信你妻子吗?"

大公给他跪下说:"光腚伊万!原谅我,可怜我吧!"

光腚伊万用手扶起他,说:"还好,你还活了下来,还能管点什么。"

大公问起光腚伊万,他是怎么得到双腿的,妻子给他表演过她是如何砍掉他的双腿的。光腚伊万也承认了他是大公的亲弟弟,讲了自己的情况。兄弟二人互相拥抱亲吻。大公说:"兄弟,我该赶猪回去了,夫人要喝茶了。"

光腚伊万说:"那咱们就一起赶猪吧。"

东斯拉夫童话
dong si la fu

大公说:"兄弟,就在那,够遭罪的了!那只该死的头猪不是在前面走吗?一到大门口就停下来,像木桩子一样,一动不动。你要不亲它三次,它就不动地方。这时候,大公夫人同众蛇坐在台阶上喝茶,看他的笑话。光腚伊万说:"你活该这样!你现在亲它,明天就不必了。"

他们把猎赶到大门口。光腚伊万抬头一看——果然如此:大公夫人坐在台阶上喝茶,还有六条蛇陪着她。头猪果然摊开腿不进院子。夫人看到说:"我那个蠢货把猪赶回来了,该亲头猪了。"这个可怜虫一连亲了头猪三次,赶猪……这时头猪才哼哼唧唧进了院子。夫人说:"看,他还不知从哪里找了一个帮手。"

于是大公同光腚伊万赶着猪群进了圈。这时光腚伊万说:"找管家要二十普特大麻和二十普特树脂,再给我送到花园。"大公说:"我可送不了。"光腚伊万说:"你先去求管家,也许他还不给呢。"

大公就去找管家要。管家看了他半天才说:"你要这些想干什么?"他们打开了仓库。光腚伊万称了二十普特大麻和二十普特树脂。一只手拿大麻,另一只手拿树脂。他对管家说:"对谁都不许说!"说完他们就走了。

回去以后,光腚伊万就开始编鞭子,编一普特大麻,浸一普特树脂。一直编到半夜,鞭子已是四十普特重了才躺下睡觉。可是大公在猪圈旁早就睡去了。

▶ 光腚伊万

第二天清早,他们起来了。伊万对大公说:"喂,今天以前你是猪倌,现在你又是大公了。走吧,咱们把猪赶到野地上去吧。"大公说:"这哪行,夫人还没来台阶上喝茶呢。她出门坐在台阶上同众蛇喝茶,就是要看我亲头猪的呀……"光腚伊万对他说:"咱们照常赶猪,可是你别亲猪,让我来亲。"大公说:"好啊!"

放猪的时间到了。夫人出来了,茶喝上了。他们从猪圈里赶出猪,俩人一起赶。刚到大门口,头猪就停下了。夫人同众蛇一齐观瞧,光腚伊万一挥鞭抽打头猪,头猪全身的骨头就散架了。看到这情景,众蛇吓得四散逃窜。而该死的夫人并不害怕,她冲过来一把揪住光腚伊万的头发,光腚伊万也抓住她的头发,开始用鞭子抽打她。一直抽到她无力挣扎,躺到地上喘气。她被制服了。

就这样,她戒除了蛇的习惯,开始与丈夫和睦相处,互敬互爱。他们一起去森林砍树,用做长把勺。故事到这就完了。而他们是如何做的长把勺子,那可是说来话长。

东斯拉夫童话
dong si la fu

王子伊万和红颜少女小靓星

从前有个国王和王后,他们有三个儿子。王后从来不出王宫大门,儿子们上学读书了,同学们都嘲笑他们的母亲不出宫门。儿子们回家就埋怨母亲,因为他们被同学们嘲笑。于是有一天母亲领着儿子们出了宫门。突然,黑暗王国一只黑乌鸦不知从哪里飞来,一把抓住母亲,飞走了。

儿子们悲伤了好一段时间,然后说:"爸爸,祝福我们吧,我们要去找妈妈。"

国王装备了他们,放他们上路了。

他们走啊走,抬头一看,一间农舍立在眼前。农舍里有个老村妇,他们来到村妇面前问:"大妈,我们要找一只黑乌鸦,你知道去黑暗王国该怎么走吗?"

村妇回答:"不知道,可能我的雇工知道吧。"

这时所有的野兽都在奔跑,有狼和狮子,又啸又叫。他们问:

▶ 王子伊万和红颜少女小靓星

"我们要找一只黑乌鸦,你们知道通往黑暗王国的路吗?"

野兽们回答:"我们不知道。"

他们继续往前走。走啊走,抬头一看,又一间农舍立在眼前。农舍里有个村妇,他来到村妇面前问:"大妈,我们要找一只黑乌鸦,你知道去黑暗王国该怎么走吗?"

村妇回答:"不知道,可能我的雇工知道吧。"

这时所有的坏蛋都在奔跑,有蜥蜴和蛇,又啸又叫。他们问:"我们要找一只黑乌鸦,你们知道通往黑暗王国的路吗?"

坏蛋们回答:"我们不知道。"

他们继续往前走。走啊走,抬头一看,又一间农舍立在眼前。农舍里有第三个村妇,他们来到村妇面前问:"大妈,我们要找一只黑乌鸦,你知道去黑暗王国该怎么走吗?"

村妇回答:"不知道,可能我的雇工知道吧。"

这时所有的鸟都在飞,有山鹰和麻雀,有老雕和乌鸦,又吱又叫。他们问:"我们要找一只黑乌鸦,你们知道通往黑暗王国的路吗?"

众鸟回答:"我们不知道,可能秃毛小鸟知道吧。"

确实有这么一个秃毛小鸟,而且是只有一扇翅膀的邋遢鸟。山鹰说:"我找它去!"瞬间冲刺,它便抓住了小鸟。

"有人要找一只黑乌鸦,你知道通往黑暗王国的路吗?"

"我知道。"小鸟回答。

"那你就带这三个人去,你要小心伺候。直接去红颜少女小靓星那里。不然的话,我就拔掉你另一只翅膀。"

兄弟三人感谢山鹰之后便上路了。秃毛小鸟在前引路,忽而蹦蹦跳跳,忽而展翅飞翔。走啊走,抬头一看,一道火焰挡板横在面前,火星四溅,火舌喷发。

小鸟说:"再见了!现在你们要一往直前,勇敢迈进。"

两个哥哥怕了,停下了脚步。三王子伊万奋勇向前,嘱咐兄长:"等着吧,要么是我,要么是母亲,总有一个要回来的。"

伊万王子穿入喷火挡板,挡板颓垮了。他继续前行。走啊走啊,抬头一看,一座宫殿矗立面前。宫门两侧盘踞六头雄狮,张着大口,伸长舌头,渴望喝水,王子舀了不少水自己先喝饱了,再给狮子喝足。狮子们对他频频点头,让开了一条路。

他进入宫殿,举目望去,一位红颜少女小靓星,比所有的美人都漂亮,正在睡觉。王子欣赏了一番美女,便躺在她手臂上睡着了。美女醒来后,发现身边睡着一个人,便立即举起宝剑,想砍杀他。但转念一想:"他没砍我,我为什么要砍他?"美女弄醒王子,问他为什么到这里来。

"一只黑乌鸦劫走了我们的母亲,我是来这里解救母亲的。"

"原来是这样,"美女说:"哥们,你去找我二妹吧,她会给你指路的。"

王子谢过便走了。他走啊走啊,抬头一看,第二座宫殿矗立面前。宫门两侧盘踞十二头雄狮,张着大口,伸长舌头,渴望喝水。王子舀了不少水,自己先喝饱了,再给狮子喝足。狮子们对他频频点头,让开了一条路。

他进入宫殿,举目望去,一位红颜少女小靓星,比所有的美人都漂亮,正在睡觉。王子欣赏了一番美女,便躺在她手臂上睡着了。美女醒来后,发现身边睡着一个人,便立即举起宝剑,想砍杀他,但转念一想:"他没砍我,我为什么要砍他?"美女弄醒王子,问他为什么到这来。他说明了原委。

"哥们,你现在就是我们的兄弟。"美女说。于是他们谈心漫步,然后美女说:"你去找我三妹吧,她会给你指路的。"

相互道别后,王子去了。他走啊走啊,抬头一看——第三座宫殿矗立面前。宫门两侧盘踞着二十四头雄狮,张着大口,伸长舌头,渴望喝水。王子舀了不少水,自己先喝饱了,再给狮子喝足。狮子们对他频频点头,让开了一条路。

他进入宫殿,举目望去——一位红颜少女小靓星,比所有的美人都漂亮,正在睡觉。王子欣赏了一番美女,便躺在她手臂上睡着了。美女醒来后,发现身边睡着一个人,便立即举起宝剑,想砍杀他。但转念一想:"他没砍我,我为什么要砍他?"美女弄醒王子,问他为什么到这里来。他说明了原委。美女给他一个小苹果"拿上这个小苹果,"她说:"它往哪里滚动,你就跟它到哪。这样你就会到该去的地方。"

王子谢过便走了。小苹果滚动庭院,直奔众乌鸦。他紧跟到

东斯拉夫 童话
dong si la fu

那里,母亲正在那。母子俩激动相拥,互相寒暄。什么都问到了,什么都说完了。母亲给儿子一把大锥子和一杆锥矛。对他说:"看,你现在就躲在那个木桩后面。当那只乌鸦飞来时,会落在那个木桩上休息,它不会发现你。"于是王子躲在木桩后面。

这时,那只乌鸦飞来了。落在木桩上,四顾张望,看有什么可吃的没有。这样,乌鸦就发现了王子。

"啊哈,我有吃的了!"乌鸦得意地叫着。

"你在说梦话,我倒要拿你当午饭吃,"王子说。

黑乌鸦直冲王子,王子闪在一旁。然后他跳到乌鸦后背上,用大锥子和锥矛猛扎狠捣。乌鸦驮着他向天冲去,高过云端。王子不停地又扎又捣,一直把乌鸦击落尘埃,彻底完蛋。

这时他走到母亲身旁,说:"妈妈,穿好衣服,咱们回家。"

于是母亲穿好衣服。他们点燃了火焰车,带上了三个美少女,回返家园。王子伊万十分赞赏她们,但王子本人没有火焰车,只好步行通过喷火挡板。别人都驾自己的小车闯过去了,唯独他留下来了。

他走走逛逛,没着没落。继而一想:"何不回到老地方,或许能找到吃的。"回来一看,什么都没有,只有一个小苹果,还是红颜少女三妹给的。他坐了下来,哭起来了,哭了一会,抬头一看,短发伊万不知从什么地方冒出来了。

"你哭个鬼呀?"他问。

"这不是,我除了小苹果,什么都没有。"

"你要什么?我给你弄来!"

短发伊万立刻滚动小苹果喝的美酒,吃的美味,全都从天而降,他们美美地吃了一顿。短发伊万说:"咱们去弄两匹马,我跟你回家。

他爬到地下室,打破十二扇门,砸碎十二根链条,牵出两匹马,活像火焰驹,他们翻身上马,立刻出发。就这样,神不知鬼不觉地飞越过火焰挡板。

他的两个哥哥看到母亲归来,还带来红颜三少女,而且看到兄弟伊万不在,他们猜想:"可能他再也回不来了。"于是就命令美女们,让她们说,是他们哥俩搭救了她们。

回到家以后,哥俩就张罗办婚礼。可就在这时,王子伊万和短发伊万回来了。他们暂时租住一处士兵用房,打探消息,听人们怎么说道。

这时哥俩加紧筹办婚礼,但是红颜三少女并不想委身于他们。她们说:"我们连一件像样的连衣裙都没有,如果你们能缝制出我们从前和父亲一块生活时穿的那样的连衣裙,不需察看,不用量身,就能做得严丝合缝,恰到好处,我们就参加婚礼。"

王子兄弟召集来所有的裁缝巨匠,谁也不肯接活。短发伊万就对一个士兵说:"你去接活。"那个士兵拒绝不去,短发伊万说:"你去吧,先要一斗金子,再接活。"

士兵去了,表态同意接活。与此同时,短发伊万快马加鞭,直奔黑暗王国。拿到她们的裙子,赶到天亮前回来了。

"喂,给,拿上!"他对士兵说。

士兵去了。红颜少女们一见裙子,互相递了一下颜色,一句话也没说,立即穿上身。

她们说:"要是有高跟靴搭配连衣裙就好了。"兄弟王子立刻去找鞋匠大师,又是没人敢揽这个活。他们去找士兵,士兵拒绝了。这时短发伊万说:"接活吧,先向他们要两车金子。"

于是士兵得了金子,接下活。与此同时,短发伊万飞往黑暗王国,带回她们的靴子。

红颜少女们见到靴子,就更高兴了。

她们说:"现在就照这个样式做头巾吧。"

王子兄弟谁也不找,直接找士兵,吩咐:"就照这个样式做!"

天亮以前,短发伊万把头巾带回来了。

士兵去送头巾时,红颜少女们就追问士兵实情。士兵如实说了。

红颜三少女就去见国王……她们报告国王;是谁救了她们,而他的两个王子兄弟是欺君瞒下,欺世盗名,他们是窃贼……

国王传唤来伊万王子,问个一清二楚,事情就是这样。

国王大怒,命令把王子兄弟捆在未经调教的烈马尾上,对他们五马分尸,批准王子伊万迎娶三妹。完婚后,小两口顶门单过,日子过得和和美美。

恶人的故事

有一个农夫,他很穷,吃了上顿没下顿。不光他一个人这样,他年幼的孩子也是如此。这个农夫有个富有的哥哥,可是没孩子。有一天,富哥哥遇见穷弟弟,他说:"兄弟,你为我祈祷上帝吧,或许上帝会赐给我一个儿子。到那时我就认你这个弟弟。"

"好的。"弟弟说。

就这样,大约过了一年,穷弟弟从别人那里知道了富人哥哥生了一个大胖小子。他回家对妻子说:"你知道吗?哥哥生了一个儿子。"

"是吗?"

"没错!我要去哥哥家祝贺;他说过,上帝要是给他一个儿子,他就认我这个弟弟。"

妻子说:"别去,当家的,如果他想跟你认亲,他会亲自来找你的。"

"不,我去,看一眼小侄子也好啊。"

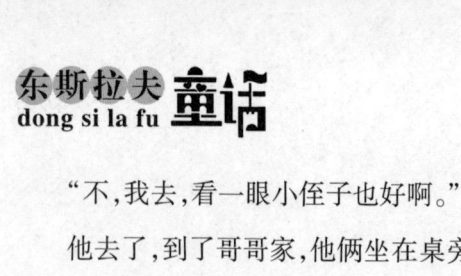

他去了,到了哥哥家,他俩坐在桌旁,唠起了家常。忽然邻居家的一个富人来了,应该让客人坐好位置。于是哥哥发话了:"兄弟,你让开,让人家坐下。"穷人让座了。

这时又来了一个富人,哥哥又说:"让开。"这以后来了满屋子客人。之前坐在桌旁的穷人,现在连在门槛都没有他的地方了。

哥哥热情招待客人,却不理睬穷弟弟。富人们喝得酩酊大醉,眼神模糊,而穷人却一滴酒没沾唇上。他从衣兜里掏出瓜子嗑,像是饭后吃茶点,这下被富人发现了瓜子。

"给我们点!"他们嚷着。

"拿吧。"穷人说。

有一个人抓了点,马上第二个人又伸出了手,还有第三个人……就这样,瓜子全抓去了。穷弟弟又坐了没多一会,什么也没吃上,灰溜溜地回家去了。

回到家,妻子问:"喂,怎么样?"

"就像你说的那样。他没认亲,我连一丁点面包渣也没沾着,还把我的瓜子全抓光了……"

礼拜日到了。穷人是个小提琴手,擅长音乐。他抓起小提琴,拉奏起忧伤痛苦的曲调,孩子们一听,马上跳起舞来。忽然他看见一个小男孩也和自己的孩子一起跳,而且还不止一个。穷人很惊奇,停止拉琴。他们迅速钻进壁炉里,拥成一堆,互相挤靠,

恶人的故事

他们人很多；于是农夫问："你们是什么人？"

"哦，我们是恶人！"他们说。

农夫想了一会，说："怪不得我穷呢，原来我家里恶人成堆呀！"于是就问他们："喂，你们在炉子里坐着舒服吗？"

他们答："这怎么能舒服呢？这么拥挤，客人都没法来！你没看见我们生了多少孩子了吗？"

穷人说："既然这样，你们等等，我给你们找一个宽敞点的家。"

于是他迅速跑去，拿了一个大圆桶，拖进家。对这些恶人说："钻进去吧！"他们开始争先恐后地钻，全钻进去之后，农夫赶忙封堵住木桶上口，抓住桶底，拖到野外，扔了。

回到家对孩子们夸耀自己是怎么甩掉恶人的。他说："哎，现在上帝会赐给我们产业，我们会成功经营的。"

过了半年，或许还多点，他的家业壮大，富人们都嫉妒了。他不论经营什么，都一帆风顺。他不管买卖什么，全都挣钱。他种燕麦和小麦，全都谷穗沉甸甸地获得丰收。人们都非常惊奇，本来穷得养不起孩子，而现在却生活得这么好。

嫉妒促使富人哥哥去找他。来了就问：

"你庄稼伺候得这么好，这究竟是怎么回事？"

"因为恶人没了，所以就获得了丰收。"

"恶人他们到哪里去了？"

"我把他们赶到大圆桶里,带到野外扔了。"

"在哪?"

"就在那沟谷下边。"

于是富人赶紧跑去那里,那里确实有个大木桶。他打开桶底,恶人像波涛一样涌了出来。他对恶人们说:"你们最好是去我弟弟那里,他已经富裕了。"

恶人们说:"啊,不对,看来他心地不善,把我们弄到绝境来了,而你是善人,我们就去你家。"

链条似的跟着他,一直到家。这些恶人在他家安顿下来了。没过多久,富人变穷了,比穷弟弟当时还穷,他悔不当初,但为时已晚。